文學鬼才—狄更斯

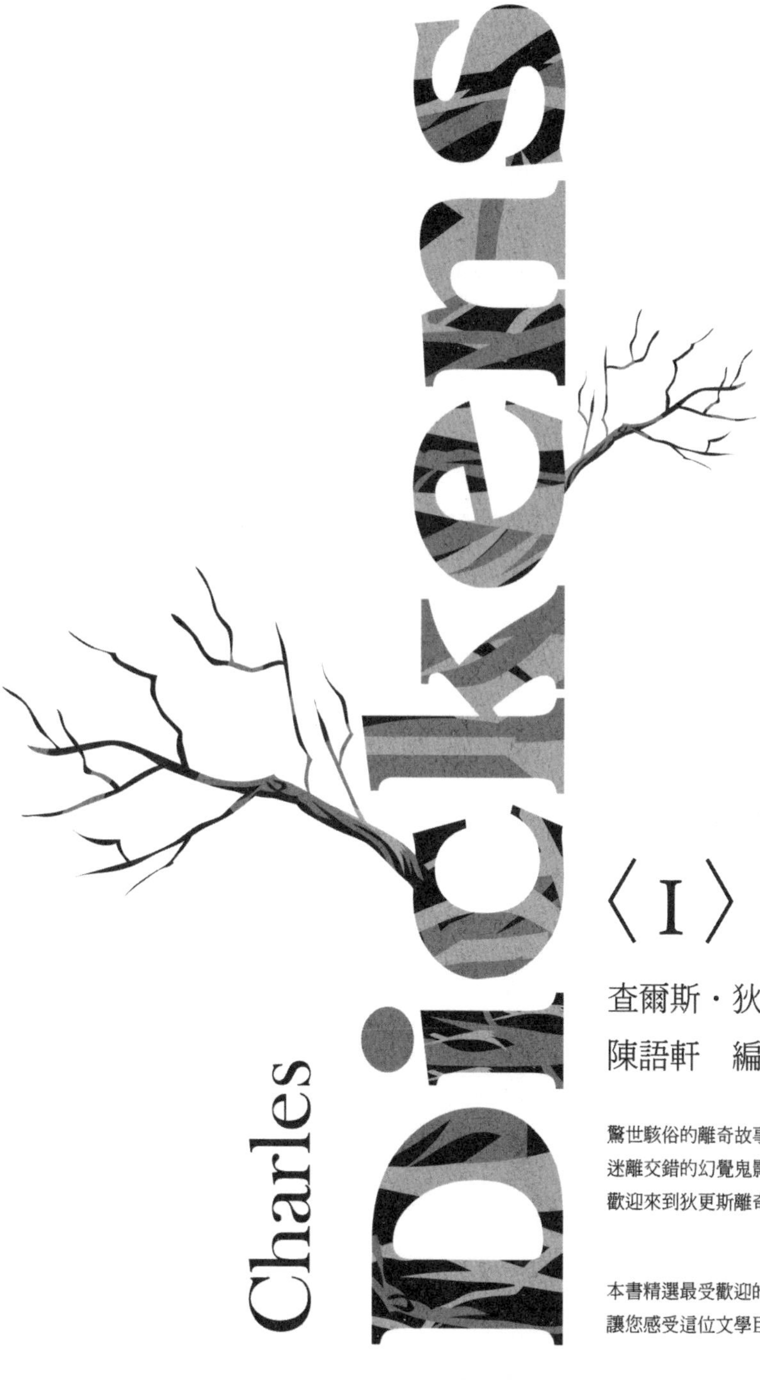

〈I〉

查爾斯‧狄更斯　著
陳語軒　編譯

驚世駭俗的離奇故事，
迷離交錯的幻覺鬼影，
歡迎來到狄更斯離奇詭祕的夜世界……

本書精選最受歡迎的5則長、短篇，
讓您感受這位文學巨匠的魅力語言！

〔前言〕

查爾斯・狄更斯（Charles Dickens）（一八一二到一八七〇），英國文學史上獨一無二的文學寵兒，他從青年時代踏入文壇，憑藉著與生俱來的天賦和令人敬佩的勤奮，創作出了一大批經典作品，如《匹克威克外傳》、《雙城記》、《孤雛淚》、《塊肉餘生錄》、《聖誕夜怪譚》等。這些文學作品不僅對英國文學產生了深遠的影響，而且對整個世界的文學發展產生了不可磨滅的奠基作用。

作為十九世紀英國批判現實主義小說家，狄更斯常常在作品中直接表達對當時社會上存在的不平等待遇與特權現象的質疑，尤其是對那些毫無價值、名存實亡的不合理制度表示極度懷疑，並真切地期待正義和革新的到來。他擅長用溫暖的筆調、幽默的寫法和細緻入微的心理刻畫描寫那些生活在英國社會最底層的小人物，從他們的遭遇中窺探當時社會的複雜現實和黑暗形勢。

然而，他的「批判」並不是犀利而嚴肅的，他擅長用妙趣橫生的語言和富於風趣的情節使作品在浪漫的幻境和真切的現實中來回穿梭，即便面對的是腐朽落後的陳規陋習，他流露出來的不是隨波逐流，不是哀怨氣餒，而是對未來充滿期待的樂觀主義精神，這時候，他的善良、正直，以及聰慧、幽默，讓他看起來就如同一位飽含關懷精神的民間詩人。

《文學鬼才—狄更斯》中的故事都是狄更斯的經典之作，在這裡，完美的邏輯推理、精緻的全面構思，以及引人入勝的緊張情節，讓人又緊張、又興奮、又恐懼、又按捺不住想要繼續讀下去。在這裡，不只有懸疑和驚悚，更有對黑暗社會的揭露和對人性的刻畫。儘管每個故事的場景設置和邏輯安排常令人不寒而慄，但是隱藏在其中的詼諧幽默的喜劇色彩，讓「狄式」驚悚懸疑小說帶給人的不僅僅是心臟驟然緊繃，更有對人性的深刻反思。在一個個看似怪異荒誕的故事背後，深藏著社會中的荒謬和冷漠，也隱含了人性中的貪婪與險惡，當然也有世界上的真摯、善良和溫情。

那麼，就請一起來感受狄更斯的詭異、傷感、啟迪心智、震撼人心、呼喚人性的離奇而精彩的故事吧！讓我們沉浸在他的幻想世界中，體會時空輾轉變換的神祕，感受靈魂或鬼怪粉墨登場的怪誕，體味人生各種離奇的遭遇，一起來感受這場驚悚而懸疑的旅程。

目錄

01

客廳裡的門

無論是過去、現在還是將來，那都是一幢獨一無二的房子。老式的雕刻、古舊的樓梯間以及紅木隔絕起來的迴廊，處處散發著神祕的氣息。而那紅木牆壁裡深埋著的祕密，更使那幢房子充滿了神祕感。

古爾橋先生與艾多先生穿著同樣黑色的衣服來到這裡，當他們踏進富麗堂皇的門廊時，見到了六位安靜的老人，這些便是接待他們的主人。他們隨著主人上樓梯之後便進到客廳，樓梯間左右兩側的位置全被這些老人佔據了。

窗外，天色已經暗淡了。

當屋內房門關上時，古爾橋先生滿腦子都在想：這些老人都是什麼人。為了一探究竟，他屋裡屋外地仔細查看，卻是一無所獲。

隨後的夜晚，是這兩位朋友一起度過的，他們沒再見到這幾位老人中的任何一位。而同時另一件詭祕的事情引起了他們的注意：客廳的房門總是自己打開，隨後自行關上，打開的時候，有時是開個小縫，有時又是完全敞開，有時悄無聲息，有時又是突然被打開，客廳的房門保持原樣的狀態不超過十五分鐘。

無論他們做什麼，看書、寫字或是吃飯，甚至是睡覺，這扇門總是突然打

01 客廳裡的門

開又自己關上，而這扇門的裡外並無一人。這種情況發生了大概有五十幾次，古爾橋想那幾個老人肯定有蹊蹺，於是把自己的想法告訴了同伴艾多。

當夜色再度降臨這所房子時，他們停止了寫作，在此之前，他們已經創作了兩三個小時。門窗緊閉的屋內，一片靜謐。艾多和古爾橋在漫無邊際地聊著，薄煙環繞之下，他們當然沒有忘記那些神祕的老人。此時，古爾橋先生上緊手錶發條，顯然這一舉動作用已經不大，在說話的過程中，指針最終停了下來。

艾多在沉默片刻之後忽然問：「現在是幾點？」

「一點。」古爾橋話音剛落，那扇門被打開了，一位老人站在門邊。

「湯姆，這是六個老人中的一個！」古爾橋的低語沒能掩蓋住他的驚訝。

老人不急不徐地問道：「先生，您有什麼指示？」

「我並沒有搖鈴呀。」（外國主人有要求時都會搖鈴，僕人聽見就會前來服侍。）古爾橋回答說。

「可是鈴聲響了。」老人口氣強硬，聲音裡透著幾分堅定。

古爾橋接著對老人說自己昨天見到了他，可是老人的回答卻是「不能確定」。

古爾橋還不死心，反問老人：「你見到我了，不是嗎？」老人給出的解釋是：「我可以看見很多看不到我的人。」

他就是這樣一個冰冷的、緩慢的老人，形容枯槁，說話謹慎，雙眼眼神雖然閃耀如火焰，卻像是被螺絲釘固定了而不能轉動，眼皮似乎也被固定以至於不能眨眼。老人的出現使古爾橋感覺到異常寒冷，他不禁打了個寒顫。老人帶上門進了房間，可是他和一般人並不一樣，與其說他坐在椅子上，倒不如說他像漂在水上的物體一般，被椅子接住了。

「我的朋友，艾多先生。」古爾橋焦急地說，他迫不及待地想讓他的朋友艾多加入討論以緩解緊張的氣氛。

可是老人頭也不抬地說：「我來替艾多先生回答。」

古爾橋十分無奈，只得說：「如果你曾經是這地方的老住戶……」

「是的。」老人給出了明確的答案。

「既然這樣，也許你可以解答我和我朋友早上的疑惑。他們在這裡吊死死刑犯，沒錯吧？」

「我認為是。」老人答道。

古爾橋繼續追問：「那麼當時，他們的臉是面對著壯麗的景色嗎？」

老人答道：「將你的臉轉過去，面向城堡的牆壁，當你被綁住吊起時，就會看到石頭在異常猛烈地膨脹和收縮，而你的頭與身體和它一起劇烈地動著，接著就是天搖地動，城堡迅速移到空中，而你就從斷崖邊掉下去。」在說話的同時，老人不住地轉著脖子，似乎領巾在煩惱著他，古爾橋再看看他腫脹的臉龐，感到極不舒服。此刻，古爾橋不覺得冰冷了，只覺得陣陣發熱。

「多麼強烈的景象啊。」古爾橋說。

「這的確是一種強烈的感覺。」老人回答。

古爾橋再一次望向艾多先生，但艾多倚靠著沙發背，眼睛專注地看著老人，沒有任何表情，就像是被催眠了一樣。這時，老人眼睛裡射出的火焰無疑穿透了古爾橋的內心，古爾橋記下了當時的景象，就在那個時刻，他真切地感到有股力量驅使他不得不盯著老人那雙如火焰般的雙眼。

「我必須告訴你這件事。」老人的眼神在冷酷之餘多了幾分恐怖。

「什麼事？」

「你知道吊死囚的事在哪裡發生的嗎？就在那兒！」老人說。

順著老人食指所指的方向，古爾橋更加困惑了，因為老人的手可以指向任何一個地方，無法確定是房間的上方、下方還是別的什麼房間。對此，古爾橋感到疑惑。

老人的手一指，似乎在空中點燃了一道火焰，那麼刺眼，「你知道她是個新娘嗎？」古爾橋著實被老人的神態和話語嚇住了，結巴地說：「這裡的空氣……太……太沉重了。」

老人絲毫不理會古爾橋，自顧自地說著：「她是個美麗的新娘，大大的眼睛，淡黃色的頭髮，看起來沒有一絲心計，感覺很無助、很容易受騙，這點完全不像她的母親，倒是與她的父親有幾分相像。」接下來，老人開始講述有關這個新娘的故事。

當新娘還是個小女孩的時候，她的父親就離開了她（父親的死只是因為無助，沒有任何其他的原因），女孩的母親便保護著她的生活賜予她一切。後來他出現了，他曾經和大眼睛、淡黃色頭髮的人交往，一個無足輕重卻富裕的女人，但這女人把他扔在一旁，在女孩的父親死後，他便重新開始和那位女性——女孩的母親交往。他陪她跳舞，小心地伺候著她，承受著每一次她向他發的脾氣，當他承受得越來越多時，就想得到她的一切，尤其是金錢上的補償。

不巧的是，在他得手之前，女孩的母親竟先死去了，而她的死亡充滿了詭異。有天晚上，女孩的母親將手擱在頭上，叫了一聲，以僵硬的姿勢躺了幾個小時，然後就靜靜地死去了。

這一次，他還是沒從她那裡獲得一分一毫的回報。他憎恨她，渴望報復她。於是他偽造她的簽名去簽署各種檔案，強行當她十歲大女兒的監護人，只因她的財產全都給了這個理所當然的繼承人。為了金錢，他要這麼做。他把檔案偷偷地塞在她的枕頭底下，並俯下身子朝著她冰冷的耳朵輕聲地說道：「驕傲的女主人，你靜靜地走吧，我早已決定，不管你是死是活，你都要用金錢來補償我。」

毫無疑問，現在只有兩個人留了下來，即他和那個小女孩，那個淡黃色頭髮、大眼睛的女孩，而這個女孩在之後更成了他的新娘。他把女孩送進一所神祕又黑暗的學校，在那老房子裡，陪伴在女孩身邊的是一位處處防人又不擇手段的女人。他對那女人說：「去塑造她的靈魂吧，你可以幫我嗎？」這個女人也想獲得金錢，便接受了他的委託，最後也的確得到了。

恐懼之下的女孩覺得終其一生都無法逃離他的魔掌，這是她從小就被灌輸的思想，要視他為自己未來的丈夫，這是由上天安排好的，是永遠不能逃避的宿命。

此刻，我們的腦海中似乎可以浮現出這樣的景象：這個可憐的女孩就像白蠟一般，隨著時間而凝固，在這樣暗無天日的房子裡，她住了十一年。他把煙囪塞住、把窗戶遮上，任由藤蔓爬滿樓前，任由苔蘚長滿果樹。他就是要讓這種淒涼的景象包圍她，讓她在極度恐懼時感受到他是她唯一的依靠。

就這樣，女孩在他的魔爪下漸漸長大，二十一歲又二十一天大的女孩成了新婚三週的新娘，被他像玩偶一樣帶回那個陰鬱的家。後來，他放棄了想要控制她的欲望。

在一個下雨的晚上，他們回到她成長的地方。女孩站在門檻旁，聽著雨滴從陽臺上滴滴答答地落下。女孩說：「先生，你聽到了嗎？這是我死亡倒數的滴答聲。」

「嗯！」他回答。

「先生，對我仁慈一點，好嗎？我乞求你的寬恕，如果你原諒我，我將為你做任何事！」

而他並不為所動，他對她只有鄙視。

女孩整日傻傻地哼著同樣的一句話：我祈求你的寬恕！這令他十分厭倦。

「上樓去，你這個白癡。」他喝斥著。聽話的女孩在上樓的同時還不忘哼著「我將為你做任何事」。隨後，他踏進了新娘房，看著牆角蜷縮成一團的女孩，淩亂的頭髮，驚恐的眼神。

「你到底有什麼好害怕的，過來坐在我旁邊。」

女孩依舊哼唱著：「我將為你做任何事，我乞求你的原諒。先生，原諒我吧！」

「艾倫，記住，這份檔案明天必須完成，你將它寫完並把裡面出現的所有錯誤改掉，改正所有錯誤以後，把房子外面那兩個人叫進來，當著他們的面簽名。然後好好保存，明天晚上你必須把它交給我。」

「我一定會小心翼翼地完成，我樂意為你做任何事。」

「那好，你不要顫抖。」

「我會試著儘量不要發抖，只要你原諒我！」

隔天，她按他的要求完成工作。他不時地回來監視她，看她就像個機器人一樣，按照收到的指令完成每一個動作。在夜晚再度來臨時，他們在新娘房裡，他坐在壁爐旁，而女孩膽小地從遠處的座位走向他，把懷裡的檔案交到他手上。這份檔案保證了在她死後他將獲得所有財產。他把女孩拉到眼前，簡潔地問她是否知道這件事。而女孩只因白色的裙子沾到了文件上的墨點，便緊張起來。

「現在，去死吧！我已經受夠你了。但我不會馬上殺死你，我是不會危及自己的性命來換你的命的，去死吧！」他從容地對女孩說。她在畏縮的同時發出了壓抑的叫聲。

日子就這樣一天一天過去了，在那陰鬱的新娘房裡，他僵坐在椅子上，皺著眉頭，一言不發地望著女孩那雙大而無神的眼睛。女孩在沉睡時，會被「死吧」的聲音嚇醒，當她發出乞求時，得到的回答仍是「去死吧」。

黎明來臨時，她會聽見「今天還活著」這類殘忍的句子。

這樣的日子在持續不長一段時間後，便因為一件事的發生而徹底結束了。那是一個起風的早晨，還沒見著初升的太陽，一切就都結束了。由於手錶壞了，他無法推測準確的時間，估計也就四點半左右。半夜，女孩突然大叫了一聲，這是女孩為擺脫他而發出的淒厲叫聲，這一聲是掙扎的聲音，也是女孩使出渾身力氣盡情宣洩的聲音，這樣淒厲的聲音使他不得不捂住她的嘴。

終於她安靜了下來，蜷縮在牆角倒下。他依舊交叉著手臂、皺著眉頭，黎明到來前的時刻顯出前所未有的暗淡。他看著女孩拖著身軀，無力地走向他：「先生，請你原諒我，我願意為你做任何事！只要你讓我活下來。」女孩還在做著最後的乞求。

「去死吧！」他一點也沒心軟。

「你如此狠心嗎？難道沒有挽回的希望嗎？」

「去死吧！」

女孩睜大的眼睛透露著驚恐不安和無奈，面無表情地等待著死神的宣判。一切都結束了。他看著女孩如往日般淩亂的淡黃色頭髮，似乎看到了很多寶石閃閃發光，還有鑽石。他把女孩抱到床上，隨之一切真的都結束了。

和他當初預計的一樣，他獲得了豐厚的財產作為他所謂的回報。他想去旅行，但顯然這只是個想法，他是不會把錢用在這上面的，雖然深愛著金錢，但他畢竟是個小氣的人。由於他對這所房子的厭倦，心念一轉，便想要跟它做個了斷。然而，如此愛錢的他不允許這所房子的錢白白流失掉，他便決定在走之前將它賣掉，為了討個好價錢，他決定把房子好好修繕一番。他請來工人整理雜草，包括他先前任其生長的藤蔓，為了房子的生氣，他甚至比工人工作得還晚。

在一個秋天的晚上，工人都已經休息了，唯獨他還手持著鐮刀工作著。天

01 客廳裡的門

色已經暗了下去，他也覺得似乎該休息了，也許他已經淡忘，新娘已經死了五個禮拜。他憎恨這座像是被詛咒的房子，在他站立的地方，可以望見新娘房間的老式窗戶前搖曳的樹枝。

夜晚安靜極了，沒有一絲風，可是他忽然看見有樹枝掃了過來，嚇了他一大跳，還沒等他回過神來，只見那樹枝又甩了回去。順著樹枝，他瞥見一個人影站在樹枝間。

那個身影看起來是個年輕的男子，當他看著那男子時，年輕男子也在往下看。此時，樹枝搖晃得更加猛烈了，男子快速地滑了下來，掉在他的面前，這個少年有一頭淡棕色長髮，身形很修長。

「你這個小偷。」他邊說邊抓起男孩的衣領。

男孩搖晃著身子，企圖脫身，同時出手向他的臉及喉嚨揮了幾拳。就在他們兩個越來越靠近時，男孩突然避開他，退後幾步，帶著絕望與驚悚的口吻大聲嚷道：「不要碰我，你這個惡人，你比世上最惡的惡魔還要恐怖！」他木然地看著男孩，忽然發現男孩的表情就和女孩走到生命盡頭時的表情一模一樣，他沒想到這樣的表情還能再次出現。

「我才不是小偷，就算我是，我也不會偷你一毛錢，就算你的錢多得可以買下好幾座島嶼，我也不想要。我怎麼會要一個兇手的錢，你這個殺人兇手！」

「什麼！」

男孩指著不遠處的一棵樹，說：「我四年前就認識她了，我那時第一次爬上樹去看她，還跟她說話。後來我經常去看她，傾聽她的心聲。我平日是隱藏在樹葉裡的，她曾經遞給我這一縷淡黃色的頭髮。事實上，她的一生是悲劇的一生，從她給我的這一縷頭髮中就可以看出。可惜我當時小，要是再成熟些，或許我可以救她，把她從你的魔爪中解救出來。」男孩的話語中充滿了憐惜與憂傷。

「你這個兇手！有一天你帶她回來，我在樹上聽見她數著死亡的滴答聲。有那麼幾次，當你要她閉嘴並想慢慢地殺死她時，我都躲在樹叢裡。我眼看著她慢慢死去，也看著你的罪惡行徑，我要找到證明你罪行的蛛絲馬跡。雖然你到底是怎麼殺死她的，對我來說還是個謎，但我會繼續追查，直到讓你伏法。

在此之前，我不會放過你，因為我愛她，我愛她，我永遠不會原諒你，兇手！」男孩邊說邊往柵門附近移動。

他的帽子在爬下樹時飛走了，男孩要移動就必須通過他。這段距離大概是兩輛馬車那麼長，男孩想辦法閃過那個人，那個令自己厭惡又憎恨的人。而他卻一動不動，只是目光隨著男孩移動。當男孩轉向他時，他手中的鐮刀迅速飛了過去，那鐮刀似乎比他還著急，在他自己還沒反應過來時，男孩的頭已經成了兩半，男孩的身體隨之倒了下來。

趁著夜色，男孩被他埋在了樹下，為了掩人耳目，天一亮，他就開始翻動泥土，修理周圍的矮灌木叢。如此精細的修繕，連工人都矇騙了過去，絲毫沒有人起疑。有那麼一段時間，他甚至卸下了心防，覺得在自己的精心安排下，一切都已妥當。他擺脫了愚蠢的新娘，拿了想拿的財產，重點是還保住了自己。只是男孩的死讓他什麼也沒得到，這顯然讓他如鯁在喉。

另外，這陰鬱恐怖的房子他早已受夠了，可是一旦搬離此地，他又怕自己的罪行被人發現，於是只好自己住在裡面。他還雇了一對老夫妻當他的僕人，就這樣過著提心吊膽的日子。

此後很長一段時間，有一個地方總令他頭疼不已，就是那個花園。到底該好好修繕一番還是置之不理，讓它保持原樣？他開始上起中級園藝課，讓僕人幫著他一起整理花園，但有一點獨特的地方，就是他從不允許那對老夫妻單獨待在花園工作。

他在花園建了一個涼亭，那個涼亭的獨特就在於可以隨時注意到周遭的情況。日復一日，這裡樹的樣貌也在發生著變化，令他惶恐不安和吃驚的就是高處樹枝生長的樣子幾乎和那個男孩一模一樣，他彷彿又看見了那個坐在樹葉中的男孩。無論春夏秋冬，他都感覺那個男孩在威脅他，樹葉的一舉一動他都感覺像是男孩揮舞著的拳頭。

他時常懷疑，明年男孩模樣的樹枝會不會比今年更加清晰？在花園外，他的生意進行得如火如荼。不斷投資，資金周轉，包括黑市上的交易，都使他獲得了相當可觀的利益。十年間，數次投資已使他的財富增加了十幾倍（和他做生意的商人及貨主都如此描述）。似乎很早以前，他就執著於無限擴大財富。

而對於花園裡的男孩，他也進行了一番調查，知道了他是誰，但時間讓他慢慢淡忘了此事。

自從男孩在那天晚上被埋在樹下以來，樹木已經生長了十年，直到有一天，雷雨傾盆而下，從夜裡直到早上。一大早從僕人口中聽到的消息再度喚醒他內心深埋的恐懼和不安。

花園裡的樹被閃電擊中了，令人驚訝的是，閃電從樹幹中間劈開，將樹幹劈成了兩半，一半倒在房子上，一半倒在老式花園的紅牆上，壓下的位置造成了一個大缺口，樹幹的裂口一直延伸到比土壤稍高一點的位置，就在那兒不偏不倚地停了下來。所有的人都非常好奇地前去觀看那棵樹。這自然喚起了他深深的恐懼，十年前的往事歷歷在目。

他像個老人一樣坐在涼亭裡，盯著前來觀察的每一個人。很快，來看的人越來越多，他的恐懼也隨著人數的增多而不斷增加。於是他索性封閉了花園的大門，杜絕任何人來訪。但科學家們的到來使他一時大意，他居然放他們進來了。他們想挖掘樹根旁的廢墟，並仔細檢查廢墟及周遭的土地。他怎麼可能允

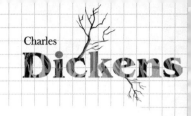

許這種事情發生，哪怕科學家奉上錢財。

他指著花園的大門，示意他們離開。但這越發激起了科學家們的好奇心，他們想到賄賂他的那位老僕人，一個忘恩負義又卑鄙的人，總在領了薪水之後抱怨錢太少。

於是科學家們在晚上潛入花園，帶著燈籠、十字鎬和鏟子等工具往樹的方向衝去。此時的他躺在一間塔樓裡，自從新娘離世之後，新娘房間便再也沒有人住了。他做起了夢，鏟子、十字鎬這類工具出現在他的夢裡，他被驚醒了。他跑到了離樹最近的一間房子，從那個窗戶可以清晰地看見忙碌的科學家、他們手中的燈籠以及周遭的土堆。

無疑的，屍體很快被發現了，科學家們用微弱的光芒照向它，並全部彎下腰察看。

一位說：「頭骨已經破裂了。」

另一個說：「這邊也有骨頭，你們來看。」

又有人說：「看一下這邊的衣服。」隨後一個科學家插話說：「找到一把生銹的鐮刀。」隔天，他發現自己受到嚴密監控，無論到哪裡都會被跟蹤。一星期之後，他被帶走並被關了起來。顯然，此時的局勢對他越來越不利。

隨後，他被指控在那個新娘房間裡毒殺了那個女孩，大家控訴他只顧著保全自己，卻絲毫不顧及新娘的感受，眼睜睜地看著新娘因無力無助而死去。對於先審判他的哪一件謀殺案，他們還存有異議，於是又調查了一番，最後他被判了死刑。人們用各種罪名來奪取他的生命以告慰死者，宣揚邪惡最終被正義戰勝。不管他有多少錢，這次誰也救不了他。

最後，他被吊死了。而講述這個故事的我就是傳聞中的他，一個被判死刑的殺人兇手。我就是那個一百年前被吊死在蘭卡斯特城堡的囚徒，死時我的臉正朝向牆壁。

如此駭人的話一出，古爾橋先生一身冷汗，他有種站起來大叫的衝動，但是老人眼中射出的強烈火焰不允許他做出任何舉動。不過，這並不影響他的聽覺，他清晰地聽見鐘聲又敲了兩次，就在此時，他看見兩個老人站在他的面前。

沒錯，是兩個，兩個一模一樣的老人。他們雙眼的火焰緊緊相連，兩個人講話的聲音一樣，節奏一樣，同樣咬著牙齒，同樣的額頭，同樣歪扭的鼻子，更有甚者，他們臉上的各種表情都一模一樣，這兩位老人簡直就是一個模子裡刻出來的。

「你是在什麼時候，」兩位長相完全一樣的老人同時說話，「來到樓下的大門？」

「大概六點。」

「那時候有六個老人站在樓梯那！」

古爾橋先生早已是一身冷汗，此刻他試著擦拭眉毛上的汗水，繼續聽兩位老人說：「判死刑後，我被解剖了，我的骨頭由於沒被拼湊起來而掛在鐵鉤上。這個時候開始有傳言說新娘的房間裡常常有鬼魂出沒，也確實有鬼魂出沒，因為我就在那兒。不止是我，女孩也在那，我們曾經待過的那個新娘房。我還是坐在壁爐旁的椅子上，女孩則依舊是蒼白瘦弱的鬼魂，在地板上拖著遲鈍的身子走向我。但我早已不再是發號施令的人，和活著的時候完全不同的是，此時是她對我說話，是她從半夜到破曉一直對我說：『活吧！』」

而男孩還是像往常一樣，一直隱蔽在樹葉中間，在光線的映射下來來去去。從那時起，他就看著我，我所承受的一切痛苦，有時候他化身為蒼白的光線，有時候又化身成灰黑的影子出現在我面前。就像他死時一樣，自他的帽子掉落後，他便從來不戴帽子，唯有那把插入他髮間的鐮刀異常醒目。

在新娘房裡，無論是半夜還是黎明，男孩都如往常一樣，他的棲身之所就是樹葉。而女孩則爬在地板上走向我，一直不停地向前卻並未真的靠近，在月光的映照下出現在我面前。不管是否看得見月亮，鬼新娘一直都在對我說的唯一一句話就是：「活吧！」

不過，就在這樣的生活持續了三十天之後，我告別了這樣的生活，新娘房間也再一次恢復了空蕩和寂靜。他不相信這就是他往日居住的房子，因為平日可不是這樣，讓他恐懼不安的房子怎麼會如此寂靜。

儘管已經十年了，這所房子依舊常常有鬼魂出沒。在淩晨一點的鐘聲響一次時，我就是你們那時看到的那一位老人。到淩晨兩點，我就會變成兩個老人。三點我自然就變成三個。而到中午十二點，我就變成十二個老人。每一小時就多一個老人，而我的痛苦與煎熬也會隨著人數的增多而加倍，所以在我是十二個老人時，我的痛苦會達到頂峰。

從那時起直到半夜十二點，我是處於極度痛苦與不安中的十二位老人，恐懼不安地等待劊子手的到來，等待對我作出的宣判。在十二點一刻，這十二位老人就會同時消失不見，出現在蘭卡斯特城堡外，每張臉都朝向城牆！

當新娘房第一次出現鬼魂時，我便深知這樣的懲罰永遠不會停止。要解除這個魔咒，除非我把這故事告訴兩個活人。很多年過去了，我一直在等待兩個活人同時來到新娘房。我後來得知（我也不清楚是怎麼知道的），如果有兩個活人睜著眼睛，於淩晨一點時出現在新娘房，他們就會看見坐在椅子上的我。

終於，來了兩個冒險的人（古爾橋和艾多），他們被這幢房子不斷有鬼魂出沒的傳言吸引而來。半夜時，他們爬樓梯的聲音引起了我的注意，我不顧還沒生起火的壁爐，迅速地衝向他們，他們也走進了屋裡。其中一個是個先生，看起來勇敢又活潑，年紀大概是四、五十歲，另一個看著年輕一些，大概小前一個十來歲，他們隨身帶來的有酒，還有一籃子食物。

與他們一同前來的還有位年輕的女士。這位女士帶來一些諸如木柴、煤炭這樣的工具，以便生火照明。隨後，那位看起來勇敢、活潑一些的先生將陰暗的房間點亮了，房間亮起來後，他陪著那位女士走到屋外的長廊，看著她下樓，直到確定她安全，才又返轉了回來。

在房間裡看了看之後，他鎖上房門，把籃子裡的東西一一放到桌子上，杯子裡的酒也被他倒滿，他和同伴便一同吃喝起來。儘管年長的是帶頭老大，但他的年輕同伴顯然和他一樣，充滿快樂和自信。

他們喝酒的同時，也把手槍放在桌子上，接著便轉向火光，抽起了外國菸。這兩個一老一少的同伴一直以來都有很多的共同點。談笑之間，看起來年輕一些的那位先生說，對方就是喜歡冒險找刺激。對方並不理會，只是反駁道：「先生，事實可不是這樣，我也有怕的東西，偵探，我怕我自己！」年輕同伴顯然沒體會他話裡的意思，反問他此話怎講。

「當然，雖說我心裡想著這裡有鬼魂出沒的傳言是假的，但事實上，我也不確定，如果只有我一人待在這裡，那我的想像力將會異常豐富，或者說，我也會和其他人一樣，開始疑神疑鬼，但是，當我和另一個同伴一起來，尤其是和你這個大偵探一起來，還疑神疑鬼，豈不讓人笑話。」

「對於你所說的角色，我可不敢當。」年輕同伴說。

「你的角色怎麼可能不重要，就像我之前所說的一樣，一個人在此度過，我是絕對無法辦到的。」他以一種更嚴肅的口吻回答。

再過幾分鐘就要一點了，當那位較年輕的先生說完這最後一句話時，頭就垂了下來，並且越垂越低。

「快醒醒啊，偵探！時間的數字越小，可是會越糟糕的啊！」

年輕的先生試著清醒，但頭似乎不聽使喚，又再度垂了下去。

「偵探，醒醒啊！」他不斷地催促著。

「我快不行了，不知道哪裡來的奇怪力量，我控制不住，只是感覺快要不行了。」年輕的先生含糊地說。

他看著年輕夥伴此刻的狀態，心中不由得害怕起來，而且這種恐懼愈演愈烈。而我也透過不同的方式感到一股新的恐懼感。我感覺到凝視著我的人逐漸被我征服，似乎有道咒語施加在我身上，要我儘快讓那個較年輕的先生睡著。

「快起來，快起來！偵探，快起來走一走。」他趕緊走到搖椅後面試圖搖醒同伴，但這一切都毫無意義。當一點鐘的鐘聲響起時，我出現在他的面前，他呆滯地站在我對面，我不得不對他說我的故事，同時也做好不被理解的最壞打算。

我對他說：「我就是那個嚇人的鬼魂，我也知道我現在進行的懺悔對你來說沒有什麼用，我已經料到事情會和以前一樣，即使來了兩個活人，也永遠無法解救我。只要我出現，其中一個人的知覺就會被困在睡眠之中，既看不見我、也聽不到我，我的話說到底也只能對著其中一人說，這樣一來，永遠不能改變什麼，唉！可悲呀！」

當兩位老人同時以同樣的話折磨著他的時候，古爾橋先生猛然驚醒，突然想到此刻的他還處在險境中，他一直是一個人在和鬼魂相處，而他也終於明白艾多先生不能動的原因，原來在一點鐘的時候，他的知覺被困在了睡眠中。突然意識到的這個事實讓古爾橋先生內心產生了巨大的恐懼，他猛烈地掙扎，想從兩雙如火焰般的眼中掙脫出去。他使盡全身力氣，拼命掙脫，一把抓起在沙發上昏昏沉沉的艾多先生，抓著他迅速地往樓下衝去。

02

跟蹤追擊

退休前我是一家人壽保險公司的總經理，在工作的三十多年中，我經歷了不少離奇事件，下面就讓我講一個發生在現實世界中的離奇故事吧。

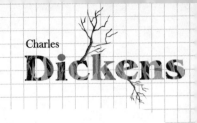

每個人的個性都像是書裡面的內容，想要瞭解一個人，就要把他的相貌和舉止結合起來深入研究，這樣才能領會那些表情下隱藏的真實情感。

這就像一個人願意把許多時間和精力花費在學習音樂、希臘文、拉丁文、法文、義大利文和希伯來文上，卻從不關心教師在教他時臉上的表情，事實上，這種事情發生的可能性是極大的。

就我個人來說，雖然我每次都不會看錯一個人的臉，因為我都是經由正確地分析一個人的面貌和舉止來建立對一個人的第一印象，但是我還是多次受騙，並且一再受騙。在騙我的人中，朋友騙的次數比其他各類人多得多。我的錯誤就在於，我容忍這些人接近我，對我說花言巧語，混淆黑白是非。

我工作的地方在倫敦城區，在那裡我有一間私人辦公室，那是一間用厚玻璃板與外面的大辦公室隔開的房間。透過這層玻璃板，雖然我無法聽到大辦公室裡的聲音，但是能夠看到大辦公室裡人們的活動。其實原本這幢房子裡是沒

02 跟蹤追擊

有玻璃板的，那兒一直是牆壁，是我把它變成了玻璃。現在我自己也不知道，當初我做這個決定是不是為了讓我能夠面對前來洽談業務的陌生人而不受任何干擾地工作。我要感謝這面玻璃板，因為它使我所工作的人壽保險公司避免了人類中最狡猾、最殘忍的人的矇騙。

這個離奇故事的主角——那位先生，我就是通過玻璃板第一次看到的。我沒注意到他什麼時候進的屋子。他是一名四十歲左右的男子，皮膚很黑，穿著一身十分精緻的黑色西裝，他的頭髮梳得整整齊齊，筆直地從正中分開。他把帽子和傘放在寬闊的櫃檯上，同時俯下身子從一位辦事員手中拿了幾張紙。

他的手上戴著大小適中的黑山羊皮手套，而他那條筆直的頭路正對著辦事員。我彷彿看到他對辦事員說：我討厭別人違背我指定的軌道，請相信你看到的我的樣子，沿著我指給你的這條路走吧。

這個人讓我感到厭惡，從他的舉止來看，他是來要幾份表格的，辦事員一邊向他解釋表格的內容一邊把表格遞給他。他的臉上堆起了感激和欣慰的笑容，眼睛裡露出快活的目光，直視著辦事員。很多人認為，壞人是不敢正視你的臉的，這純粹是一種謬論，只要有利可圖，壞人是什麼都敢做的。

就在我觀察他的時候，我意識到他發現我在看他了。原因是他腦袋上的那條頭路立即轉向了玻璃板壁，把他剛剛對辦事員說的話對我又說了一遍——不要違背我，走我指定的路。

他走後，我把剛剛接待他的那個辦事員叫到了辦公室裡，問：「剛剛那個人是誰？」

那個辦事員叫做亞當斯，他拿著手裡的名片對我說：「那是住在中堂法學會館的朱利斯．史林克頓先生。」

「亞當斯，他是一個律師嗎？」

「我想不是的，先生。」亞當斯答道。

「他看上去像個牧師，可惜和我們沒有緣分。」我說。

「他戴著精緻的白領巾，內衣也非常考究。」亞當斯答道，「他可能準備成為一名牧師。」

說實話，我不關心他要幹什麼，我只想知道他來這做什麼。亞當斯告訴我，他是來要一張投保單和一份查詢表。奇怪的是，他的介紹人是我的一位朋友，我卻從未聽那位朋友提起過他。亞當斯還告訴我，這名男子說與我還不認識，所以才沒有來打擾我，真是個能說會道的傢伙。

那天以後不到兩週，一位經商的朋友邀請我吃飯，他是一個喜歡收藏書畫的風雅的人。在他邀請的朋友中，我見到的第一個人便是朱利斯．史林克頓，這時我終於知道亞當斯說要介紹去我那裡的朋友是誰了。史林克頓站在壁爐前，臉上總是一副開誠佈公的表情，但是我依然覺得他在要求每個人都要按照他規定的方式行事。

史林克頓見到我很高興，他要求我的朋友介紹我給他認識，他沒有說什麼久仰之類的話，也沒有誇張的舉動，只是表現出認識我讓他感到很高興。

我的朋友以為我和史林克頓已經認識，但是史林克頓非常誠懇地表示，他只是到我的公司去諮詢過一些小事，他不想為此打擾我。當然我告訴他，只要是朋友介紹的，我都樂於接待。聽到我這樣說，他表示非常感激，並說下一次也許真的會來拜訪我，因為他確實有些事情想和我商量。

想到他上次來時要了我們的投保單和查詢表，我想應該是他想參加人壽保險。然而，他說只是替一個朋友瞭解一些情況，他並不十分願意為朋友打聽這些事情，因為這總是要去麻煩別人的。他覺得人們總是反復無常、自私自利、無情無義的。他的這些觀點我不能完全贊同，但是在他的頭路的指向下，我只能表示贊同，這讓我覺得不舒服。

在我們等待晚飯的間隙，史林克頓神祕地問說：「你們保險行業最近是不是蒙受什麼重大的損失了？」這個問題讓我感到很奇怪，我一下子想到了錢，他卻笑著說損失不是指錢，而是指人才和活力。這讓我感到困惑，想了一會兒依然不知道他指的是什麼，只能表示我沒有發覺。

這時他提到了一個名叫梅爾塞姆的人。一瞬間我明白了，梅爾塞姆是無價公司的年輕統計員，那是個知識淵博，有見識又勤奮的年輕人，在人壽保險這個行業中，他是一名傑出的人才。我誇張地表現出對梅爾塞姆的器重和欽佩，因為我覺得史林克頓態度曖昧，想要貶低梅爾塞姆。因為他那條整齊的頭路好像是這樣說的，同時要求我不要違背它的意思。我謹慎地詢問史林克頓是否認識梅爾塞姆，否則為何會在這裡提到這個人。

「我只是聽說過他而已，如果我能和他結識，我想那將是我的榮幸，可惜的是，也許我永遠無法如願以償了。真是可惜，他還不到三十歲，正值壯年，卻再也無法工作了，人啊，就是這麼脆弱。」史林克頓這樣回答我。

他的語氣虔誠而誠懇，像是要徵求我的意見一樣，但是我心裡卻是想著，我偏不要讓你得逞，我是絕對不會順著你的意願去說的。於是我直截了當地問他：「史林克頓先生，你知道什麼內情嗎？」

對於我的詢問，史林克頓先是向我解釋說大多數的說法都是一些無稽之談，而他對於謠言的態度是絕不輕信也不會傳播，雖然他並不相信這些流言飛語，還是告訴我他聽說的傳言：梅爾塞姆之所以不顧他的職務和前途，是因為他在愛情上遭遇了一些挫折，這使得他非常傷心。最後史林克頓還告訴我，他並不相信這樣一個傑出的人會因此而一蹶不振。

對於這樣的理由，我卻覺得是能夠理解的，因為再傑出的人面對死亡也會變得蒼白無力的。史林克頓充分地表現出了他的同情心，他表示說沒有聽說梅爾塞姆的戀人死了，他彷彿一下子理解了梅爾塞姆那麼傷心的原因。他一直喃喃地說：「這真是太慘了，太慘了！」

我還是認為，他的同情並不全是真的，我相信在他的內心裡一定還隱藏著一些我還不理解的嘲笑。就著這時，宴會要開始了，我們也即將像其他的閒談者那樣分手時，他告訴我，他之所以這樣關注梅爾塞姆的原因是，最近他也遇到了死亡的威脅。一直與他相依為命的兩個漂亮的侄女中的一個死去了，她才剛剛二十三歲，還很年輕，到現在死亡的危險依然盤旋在他的頭頂，因為那個還活著的侄女，死去女孩的妹妹也很虛弱。

聽著他深情地講述，我在心中譴責我的冷漠。因為我的坎坷遭遇，在生活中，我失去了很多，而我得到的又非常少，所以冷漠和猜疑已深入我的心頭，我不再信任他人，因而我得到了一顆冷酷的防人之心。原本我已經對自己的這種心理習以為常了，但是這場談話讓我對自己感到了厭惡。

在酒席上，我一直注意著史林克頓，聽他講話，觀察別人有些什麼反應。我看到他總是悠閒自在而又從容不迫地使自己的話題適合交談者的認識和習慣，他瞭解每一個人的心思，總能找到適合對方的話題，贏得別人的好感，同時又好像一無所知，提起某個話題只是為了向對方討教似的。就像他在與我談話時，他總能輕而易舉地提到我最瞭解也最感興趣的內容一樣。酒席上有著各種各樣的人，不論什麼樣的人，他都能應付自如。

雖然他在不斷地和別人講話，實際上他講得並不多。他是一個很好的傾聽者，而且他所講的話都是別人要他講的。後來我也參加了一些與他的談話，當然，我們談得很投機。

喝完酒後我來到了會客室，詢問主人與史林克頓先生認識了多久。我的朋友告訴我，他們認識不到一年，他是在一個著名畫師的家中遇到史林克頓的。那個畫師與史林克頓非常熟悉，那時史林克頓為了兩個侄女的健康，準備帶她們去義大利旅遊，但侄女的死破壞了他的計畫。

這時我相信他對梅爾塞姆的事情那樣熱心，真的是因為他有著同樣的遭遇，而我卻懷疑這樣一個單純、善良的人，我終於對自己感到氣憤。這樣的一個人，把他的相貌分開來看，每一個器官都是無可挑剔的，合在一起，更是讓人無話可說。我只是因為他的頭髮正好在正中分開，勾出了一條筆直的頭路便懷疑他，甚至討厭他，這不是太不可理喻、太殘忍了嗎？

後來事實證明，我的感覺正確與否並不重要，但是一個人在觀察別人時所發現的某些小缺點、所引起的強烈反感，雖然會對這一缺點有所誇大，但它也可能成為解開整個祕密的一條重要線索。

一天之後，我正坐在玻璃板的後面，像上次一樣，他走進了外面的大辦公室。透過玻璃板我能看到他，當然我聽不到他的聲音，不知道為什麼我更加厭惡他了。這時，他揮動著那只戴著黑手套的手，闖進了我的辦公室。

一進門，他就用非常誠懇的態度表示為了一點微不足道的小事來打擾我感到十分抱歉。我表示這沒什麼，詢問他有什麼事情需要我幫忙。他說沒有什麼，只是來詢問他的朋友有沒有送來保單。

第二天早上，我又看到了他，就在我剛打開寫字臺的抽屜時。這一次他沒有在大辦公室停留，直接來到了我的辦公室。他一邊把帽子和傘放在桌上，一邊告訴我他的朋友委託他做投保單的證明人。他擔心朋友為了回避問題而這樣說的。我詢問他朋友的名字，之後我知道了這個名字——貝克韋斯。

我走到辦公室門口，詢問正在拆閱信件的亞當斯，有沒有貝克韋斯的投保書，有的話拿給我。亞當斯已把信件攤開，放在櫃檯上了，很快他就找到了阿爾弗萊德．貝克韋斯向我們提交的保險單。

我把保險單拿給史林克頓看，這是一份保險金額為兩千英鎊的保單，填寫日期顯示是昨天，位址是中堂法學會館。史林克頓看後確定這就是他的朋友，他們住在一幢樓裡，是對門鄰居，但他從沒想過自己會成為貝克韋斯的證明人。

史林克頓有些緊張，從口袋裡掏出查詢表，然後借用了我的寫字臺、筆和墨水。在回答每個問題以前，他都會先把問題念一遍，然後斟酌一下才寫上答案。

「認識阿爾弗萊德．貝克韋斯先生多久了？」他扳著指頭算算有多少年。「他有什麼習慣？」史林克頓會自言自語地說，他滴酒不飲，而且過分注重鍛練身體。最後所有的問題都得到了讓他滿意的答案，他檢查一遍之後，就用漂亮的筆法簽了字。他覺得完成了自己的任務，我也告訴他，我們大概不會再有什麼事情會麻煩他了，他感到很高興，對我道謝後，就離開了。

史林克頓不知道的是，在他來見我以前，我其實已接待過另一位客人，在我的家中。那時天剛亮，我和那位客人在我的床前會面，只有我和我忠實可靠的僕人才見過的那位客人。

因為公司規定要兩份調查單，所以我們把第二份查詢單送到了諾福克，不久這份調查單就寄回來了。當然這份調查單也對每個問題做了令人滿意的回答。這樣，在表格齊全的情況下，我們接受了投這份保的申請，收取了貝克韋斯一年的保險費。這份保單三月起開始生效。

在這之後的六七個月間，我沒有再見過史林克頓，雖然他曾到我家中找過我，但我不在；他還邀我到法學會館吃飯，遺憾的是我另有約會。就這樣，我再次見到他是在九月末或十月初，那時我為了呼吸一些海邊的新鮮空氣而到斯卡伯勒度假，在海灘上遇到了他。

那是一個炎熱的傍晚，他挽著一位外表高雅，穿著喪服，相當漂亮卻臉色異常蒼白的小姐。這就是他的侄女妮納小姐。史林克頓邀請我一起散步，我欣然同意了，但是我也打定主意，絕不讓那條筆直的頭路左右我的決定。妮納小姐走在我們中間，我們在海邊涼快的沙地上漫步。

在路上，我們發現了一些手推車的車輪痕跡，史林克頓戲稱這是妮納小姐的影子。這令我感到驚奇，要知道，妮納小姐的影子一直在她的身後，不應該是這些車輪痕跡的。

妮納小姐告訴我，有一位生病的老先生一直跟著她，不論她走到哪裡，都會看到他。當她把這件事告訴她的叔父史林克頓時，史林克頓就把這位老先生稱作「她的影子」。

妮納小姐和「她的影子」都是臨時住在斯卡伯勒的。她和「她的影子」一樣，身體都不太強健，因為總有些時候，他們互相見不到，因為他們兩個不得不常常關在屋子裡。妮納小姐已有好多日子沒見到「她的影子」了，但是不論她走到哪裡，她都能遇到這位先生，就像現在，在這人跡罕至的海岸上他們又相遇了。

就在這時，我們前面出現了一輛由一個人拉的小車子，妮納小姐認出這就是「她的影子」，車輪劃出軌跡帶著車子慢慢地靠近我們，同時我們也漸漸靠近了車子。這時，我看到車上坐著一位老人，他的頭垂在胸前，身上裹著各種東西。拉著車子的則是一個非常看上去安詳又顯得非常精明的人，他有一頭鐵灰色的頭髮，腿有些瘸。

當他們經過我們身邊時，車子停了下來，車上的老先生一邊喊著我的名字一邊伸出胳臂，我想這應該是我的一位朋友，於是我和史林克頓和妮納小姐暫時分開。我走過去，和那老人交談起來。大約五分鐘之後，我又重新和他們會合，史林克頓和他的侄女焦急地想要知道妮納小姐的影子是誰。

「哦，他是班克斯少校，東印度公司從前的一個董事，他與我們第一次相遇那位朋友很熟。」史林克頓表示他從未聽過這個人，於是我告訴了他們關於班克斯少校的事情。

他非常有錢，是一個和藹可親又通情達理的老先生，但是他已經很老了，同時他的腿腳不好，所以會到處散心。他對妮納小姐很感興趣，因為他看到了她和她叔父之間的感情，事實上我剛剛就是在和他談論這些。

我的話大概讓史林克頓很高興，他把帽子拿在手裡，舉起手摸了一下那條筆直的頭路，這一次他似乎走在我的道路上了。他溫柔地挽著侄女的胳膊，告訴我，他們感情是很深的，因為他們的親戚很少，他們是緊密地聯繫在一起的，他們有著共同的回憶和共同的憂傷，他相信他們之間的關係永遠不會變得冷漠或淡薄。史林克頓的話讓妮納小姐感動得落下淚來。

可憐的妮納小姐傷心得不能自己。這使得史林克頓的心情也極其悲痛，他為了恢復精神就到海邊洗海水浴去了，於是我和妮納小姐單獨留了下來。我們坐在一塊突出的岩石旁邊，妮納小姐像史林克頓希望的那樣懷著深信不疑的心情向我全心全意地稱讚著他。

她告訴我，他怎麼關心已經去世的姐姐，她的姐姐患的是慢性病，那是一種體力慢慢消耗的病，尤其是在彌留時期，各種荒唐的、可怕的幻覺充斥在她的頭腦中，但是史林克頓在她病重的時候仍不知疲倦地照料她，從沒對她喪失耐心，或者發過脾氣，他總是對她溫柔體貼、關懷備至。

她和姐姐都相信她們的叔叔是這世上最好的、最親切的人，也是性格堅強、可敬可佩的人，他是她們最強有力的支持者。妮納小姐懇求我，勸她的叔叔在她去世後能結婚，她希望他過得美滿幸福。她堅信她的叔叔至今一直保持獨身，是為了照顧她們姐妹。

班克斯少校的小車在潮濕的沙灘上又畫了一個大圓圈，再度掉過頭向我們拉了過來。我確認四周沒有其他人，然後用手按住她的胳膊，告訴她處在危險之中，那危險就像我們面前的大海，現在是這麼平靜和安寧，但是在暴風雨來臨時，也許就在今天夜裡，它就會迸發出無情的力量，殘忍無情地把一切擋在它面前的事物毫不憐惜地撕成碎片。

我的話使妮納小姐感到恐懼，我要求她一分鐘也不能浪費，隨我去班克斯少校那裡。值得慶倖的是，班克斯少校的小車子離我們很近，妮納小姐離開岩石，在她還沒過來以前，我們已經到達班克斯少校那裡。

我把她送到之後，和她在一起的時間不超過兩分鐘，然後回到了剛才坐的岩石上，我看到妮納小姐被一個手腳靈活的人半攙半抱著，從山壁上鑿出的粗糙的梯級往上走。我知道，只要有那個人在她身邊，不論到哪裡，她都安全了，

02 跟蹤追擊

這時我才放心了。

我安心地坐在岩石上，等史林克頓回來。等到夜深了，他才回到岩石邊，他把帽子掛在鈕扣上，用一把小梳子梳理頭路。

我告訴他，妮納小姐覺得有些冷，先回家了。這讓他感到詫異，因為妮納小姐從不自作主張的。於是我告訴他，是我勸妮納小姐這麼做的，因為她的身體不好，不適合長時間待在外面。

聽了我的話，史林克頓對我表示了感謝，他沒想到洗海水浴的地方那麼遠，而瑪格麗特也就是妮納小姐是那樣虛弱，她姐姐夭折的陰影對她的影響正在逐漸加深，從她姐姐去世到現在，她的身體毫無起色。

就在我們交談時，班克斯少校的手拉車搖搖晃晃地越走越遠了，史林克頓覺得拉車子的僕人一定喝醉了，他提醒我說我的朋友恐怕要摔出車子了。

看到他一直注視著車子，我感到十分緊張，只能告訴他，給老人當差的僕人有時難免會貪杯。直到車子消失在黑暗中，我才鬆了一口氣。對於他覺得少校看來很輕的疑問，我也只是告訴他，少校確實很輕。

之後我們又聊了一會兒，我告訴他我今天夜裡就回倫敦，他表示他也快回倫敦了。「是的，我知道你要回去了，」我在心裡默默地說，「我很清楚你要幹什麼，但是我絕不會告訴你，為什麼我在你身旁散步時，右手一直按在口袋中的自衛武器上。我也絕不會告訴你，為什麼夜深後我不肯與你在海邊散步。」

後來，我們離開了沙灘，各自回到自己的住處之前，他又一次提到了梅爾塞姆，他詢問我梅爾塞姆是不是已經死了。我告訴史林克頓，上次我聽人談到他時，他還沒死，但消沉潦倒，恐怕也活不長了，而且他絕沒有希望重操舊業了。這個消息似乎讓史林克頓非常傷心，他悲歎了一會兒才離開。望著他離去的背影，我有很多事沒有告訴他，他有他的路，我有我的路，而且我們是絕不會走到一起的。

在此之後，我再沒有見過史林克頓，直到十一月的下半月，那是我最後一次見到他。

那一天，我和中堂法學會館的一個住戶有一個非常特殊的約會，我要在那兒用早餐。那天的天氣十分糟糕，清晨十分寒冷，街上的冰雪和污泥有幾英寸深。我叫不到車子，只能慢慢地步行，沒多久膝蓋就濕了，即使這樣我也必須前去赴約。

和我約好的人住在中堂法學會館頂層的一套住房裡。那是兩間陰暗、沉悶，使人窒息，不合衛生條件的屋子，裡面的傢俱已經退色，也很骯髒，屋子裡淩亂不堪，散發出濃烈的鴉片、白蘭地和菸草混合在一起的味道，壁爐圍欄和火鉗等也都佈滿了難看的鏽斑。一間屋子外邊門上寫的名字是阿爾弗萊德·貝克韋斯。對面的門上寫著另一個名字──朱利斯·史林克頓。兩套房間的門都敞開著，因此在一套房間裡講話，另一套裡也能聽得到。

我走進貝克韋斯的屋子。在安排好早餐的屋子裡，我看見貝克韋斯斜躺在靠近壁爐的沙發上，他穿著一件破破爛爛的睡衣，桌上什麼也沒有，只有白蘭地、醃魚和一塊撒滿胡椒、不堪下嚥的燉肉。他一副標準的酒鬼模樣，一看就知道已經這樣子很久了，大概離死也不遠了。他見我到了，就搖搖晃晃地站起來，一邊叫嚷著讓史林克頓來喝酒，一邊瘋狂地敲打火鉗和煤塊。在鐵器的擊打聲中，史林克頓一邊答話，一邊走了進來。然後他看到了我，這個讓他出乎意料的人。我見過很多弄虛作假的騙子目瞪口呆的樣子，但是像他這樣驚慌失措的我還是第一次見到。

貝克韋斯搖搖晃晃地站在我們中間，為我們作介紹。他說，史林克頓是他的心腹朋友，為他免費提供各種烈性酒，把他的茶或咖啡全都丟掉了，把所有的水壺倒空統統裝上了酒，早、中、晚從不間斷。貝克韋斯屋中的爐灰似乎已經好幾個星期沒有打掃，他搖搖晃晃地從灰燼上拿起一個鏽跡斑斑的平底鍋，交給史林克頓，要求他煮白蘭地。貝克韋斯的動作一下子變得這麼粗暴，我擔心他會拿它打破史林克頓的腦袋。於是我伸手擋住了他。貝克韋斯一個踉蹌，跌坐在沙發上，他的眼睛紅腫，身子不停地哆嗦。他不停地要求史林克頓照規矩供應早飯、午飯、茶點、晚飯，煮白蘭地。

對於我的出手幫助，史林克頓表示感謝，同時也對我表現出了敵意，尤其是當我問到他的侄女時，他狠狠地瞪了我一眼，當然我也狠狠地瞪了回去。他告訴我，他的侄女忘恩負義，背叛了他，沒有留下一句話就跑掉了。他相信她是被人騙了，對於他的說法我表示贊同，事實上我知道她是被哪個壞人設計騙走了。

沉默了一會兒，史林克頓說他願意對我實話實說，因為我也是個懂得人情世故的人，這一次是我輸了，希望下一次我能交到好運。對於他的實話實說我是完全不相信的，我告訴他，我瞭解他是個什麼樣的人，我知道他從未對任何人說過實話。

史林克頓很鎮靜地告訴我，他知道我來的目的，我想要挽回公司的損失，我不想賠償貝克韋斯的保險金，但是這些在他這是行不通的，他可不是那麼容易被糊弄的。因為只要調查一下就能知道，貝克韋斯沾染上目前這些惡習的時間，和他那些語無倫次的胡說八道都是在投保之後才出現的。

他這麼講時，貝克韋斯把剛斟好的一杯白蘭地全都潑到了他臉上，接著又把杯子也扔了過去。白蘭地把他的眼睛弄迷糊了，酒杯又砸破了他的額角。伴隨著杯子破碎的聲音，又有人走進了屋子。這是一個非常安詳又顯得非常精明的人，他有著鐵灰色的頭髮，腳有些瘸。他關上了門，守在門前。

史林克頓花了不少時間整理自己，他拿出手絹按住刺痛的眼睛，又拭掉了額上的血。也就是在這段時間裡，貝克韋斯發生了巨大的變化，他不再喘氣和戰慄了，他坐得筆直，眼睛死死地盯著史林克頓，臉上充滿強烈的厭惡。

貝克韋斯說：「你這個流氓，現在你仔細地看看我，這是我為你布下的陷阱。我租了這些房子，裝成一個酒徒，住在這裡，就是為了引你上鉤。如我所言你中了計，你將再也無法脫身，必須接受懲罰。你一直以為那兩千英鎊你已經唾手可得了吧？你原本想用白蘭地害死我，但是你又嫌白蘭地不夠快，你這個殺人犯和騙子，總是趁夜深人靜時獨自溜進這兒，你以為我失去了知覺，以為我沒有看到你從小瓶子裡朝我的杯子裡倒什麼嗎？實話告訴你，每次我都把手按在手槍的扳機上，只要輕輕一下就能讓你的腦袋開花！」

這突如其來的變化使得史林克頓一時慌了手腳，他手足無措地看著一直任他宰割的貝克韋斯，怎麼也無法想像對方是怎樣變成這樣一個強硬且充滿決心的人。同時，他也不明白為什麼事情會變成這個樣子。

其實，那天早晨，就是史林克頓最後一次來我辦公室那次，我在家中見過的訪客，正是貝克韋斯。所以，當史林克頓來我的辦公室時，他的陰謀我已經一清二楚了，我和貝克韋斯決定將計就計，引他上鉤。

史林克頓是一個處心積慮的惡人，他是不會洗心革面、突然悔改的，他和所有的惡人一樣一意孤行、不知悔改。證據就是，最初的慌亂之後，他雖然臉色蒼白、憔悴，但是立刻變得滿不在乎，並且相當冷漠和平靜。

在接下來的時間裡，貝克韋斯說出了所有的真相。

貝克韋斯和史林克頓的相遇並不是偶然，事實上貝克韋斯在租下這些房間之後，故意出現在史林克頓回家的路上，他故意給史林克頓機會。貝克韋斯相信史林克頓會上鉤，因為他利用人們對於第一印象的錯覺，他的外表讓史林克頓假想出了一個貝克韋斯，這個貝克韋斯很好掌控。貝克韋斯之所以能做到這點，是因為他非常瞭解史林克頓這樣做的原因，是為了一個曾毫無保留地信任史林克頓卻被他殺害的少女，同時也是為了拯救另一個正一步步走向死亡的少女。

史林克頓拿出鼻菸匣，笑著拿出一撮鼻菸，貝克韋斯則是一直握緊雙拳，直直地盯著史林克頓，說：「你這隻愚蠢的狼！你沒想到吧，你以為的酒鬼其實連五十分之一的酒都沒有喝過，我把它們都倒掉了，倒在這兒，倒在那兒，倒在任何地方。你想不到吧，我幾乎就是當著你的面這麼做的，你以為你雇了人監視我，就可以高枕無憂了，我真的會拼命喝酒嗎？你不知道吧，你雇傭的人還沒三天就被我收買了，因為我出的我更多。為了讓你放鬆警惕，哪怕你用腳踢我，我也決不還手，我成功了，我瞭解你，但你完全不知道我的底細。」

就是這樣忍辱負重，貝克韋斯才能徹底掌握史林克頓的計畫。每次史林克頓來貝克韋斯的房間下藥，貝克韋斯都任他安然無恙地離開。而不到一個小時或者僅僅是幾分鐘之後，貝克韋斯就已進了史林克頓的屋子，趁著他睡熟的時候，把手伸到史林克頓的枕頭下，檢查他的檔案，從他的瓶子和藥粉袋中取出樣品，替換成別的東西。因此，貝克韋斯才知道了史林克頓的祕密。

聽到這些時，史林克頓有些慌亂了，他又取了一撮鼻菸，但是這些鼻菸從他的手指中間慢慢掉到了地上，他只能用腳將其擦掉，這之後他的眼睛就一直注視著地面再沒有抬起來。

貝克韋斯的敘述還在繼續，他告訴我們，他寧可跟老虎打交道，也不想和惡毒的史林克頓打交道。他可以隨時自由地出入史林克頓的住處，同時他有一把萬能鑰匙，能打開史林克頓屋子的每一把鎖，所以他化驗了史林克頓所有的藥劑，證明那些全部都是毒藥。他也解讀了史林克頓寫的一切暗號。史林克頓毒害一個人需要多久才能完成，藥的劑量要多少才行，需要多長時間一次，使用藥物後人的精神和身體會逐漸出現什麼樣的衰退跡象，引起什麼樣的病態幻想、什麼樣的變化和肌體的痛苦……所有的一切貝克韋斯都十分清楚，因為史林克頓有一本每天記錄的日記，這是為了給他提供經驗，供他今後使用的。那本日記，貝克韋斯相信史林克頓已經永遠不能在寫字臺那有彈簧鎖的抽屜裡找到它了。因為它已經在貝克韋斯的手裡了。

史林克頓不再用腳擦地板，他抬起頭，說貝克韋斯是一個賊。

貝克韋斯沒有理會他，只說了一句讓史林克頓崩潰的話，他說：「再告訴你一件事吧，我就是你侄女的影子。」

聽到這裡，史林克頓發出一聲咒罵，用手狠狠地揪下了自己的假髮，再將它們狠狠地扔在地上。他那條從我認識他時就一直妄圖指揮我的頭路也徹底完蛋了，當然我也相信他不會再用到它了。

貝克韋斯告訴史林克頓說：「我一直在密切監視你的一舉一動，包括你那個侄女。」

在他們最後一次去斯卡伯勒的前一夜，貝克韋斯就拿到了日記，並在那天夜裡讀完了史林克頓手腕上繫著的瓶子裡的手稿，然後將內容告訴了我，因為我是他的暗中幫助者。現在站在門口的這個人，也是在海邊推著車子的人就是我那忠實的僕人。貝克韋斯就是班克斯少校，就是我們三人一起救出了妮納小姐。

史林克頓看著我們，他步履蹣跚，小心地向四周窺視著，就像一隻想尋找一個可以藏身的地洞的小爬蟲。他的身上好像發生了一些異樣的變化，彷彿整個身子在衣服裡一下子塌陷了，使得衣服走了樣子，很不合身。

貝克韋斯繼續平緩地述說著：「現在，我要讓你知道為什麼我要這樣對待你，為什麼我會這樣跟蹤你，為什麼桑普森先生所在的保險公司會承擔跟蹤的全部費用，而我寧願自己負擔一切，讓你感到痛苦和害怕的。」

這時的史林克頓除了之前我看到那些變化之外，他的呼吸突然也變得急促起來，好像喘不過氣來一樣。

貝克韋斯依然盯著史林克頓，說：「你和桑普森先生提到過好幾次梅爾塞姆吧，那個可憐的人，正是那個被你害死的甜蜜姑娘的戀人。在你把那個信任你的女孩帶往國外，把她送進墳墓之前，你允許她到梅爾塞姆的辦公室找他。但是在你的狡猾安排下，會面的條件和環境都十分不利，結果梅爾塞姆雖然見到了戀人，卻沒能挽救她，即使他願意付出自己的生命去拯救她。在他深愛的女孩被你害死之後，他只剩下一個目標，那就是為她報仇，讓你為自己的罪惡付出代價。」

史林克頓委靡地站在那裡，只有鼻孔在一上一下地顫動。

貝克韋斯繼續說道：「梅爾塞姆知道，只要他以最大的忠誠和熱情全力以赴，就可以讓你走上毀滅的道路，在他的復仇中你是不可能逃脫他的懲罰的，他將復仇作為生活的唯一目標，他要把你從世人中清洗出去。現在他完成了自己的任務，是的，我就是梅爾塞姆。」這時的史林克頓無神地望著貝克韋斯，

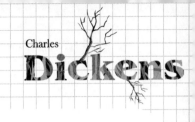

不，應該是梅爾塞姆，他的呼吸變得喘息不定，似乎馬上就會斷氣一樣。

梅爾塞姆告訴他：「以前你看到我，但不知道我的真實姓名，現在你知道了我的真實姓名，你還能看到我兩次，一次是在你受到審問，要付出生命作為代價的時候，另一次就是在絞索套上你的脖子，群眾大聲咒罵你的時候！」

梅爾塞姆說完，史林克頓想要逃避什麼似的張著大嘴，別過了臉，這時，屋裡彌漫出一股刺鼻的腥味，與此同時，史林克頓開始劇烈地抽搐起來，他像要奔跑起來一樣痙攣著。過了一會兒，他突然倒在了地上，把屋子中那些古老笨重的門窗也震動了。他死了，這就是他應得的結局。

我們三人離開了房間，梅爾塞姆帶著困倦的神情告訴我，自己在這世上已經沒別的事要做了，他期待著在其他世界和他的戀人相見。他一直在責怪自己沒能拯救自己的戀人，失去她之後，他的心就已經碎了。他對生活毫無留戀，已經心灰意冷了。雖然我竭盡全力想要安慰他，但是完全沒有用處。第二年的春天，他便死去了。我們把他安葬在了戀人旁邊。

梅爾塞姆把他的一切留給了妮納小姐，她接替了梅爾塞姆的工作。我相信，妮納小姐後來很幸福，因為她結了婚，當了母親，而她嫁的人正是我姐姐的兒子。她現在活得很好，身體很健康，每次我去看她時，她的孩子們都會在花園裡拿著我的手杖當馬騎。

Charles
Dickens

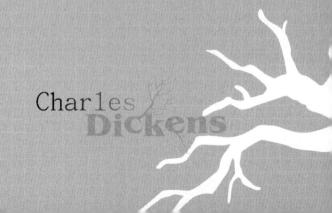

03

被戲弄了的匹克

一年有十二個月，每個月都有自己的特色，其中最美麗的要數八月。比起五月隨風搖曳的鮮花和嫩葉，八月充滿了豐收的喜悅。八月，果樹的枝枒綴滿沉甸甸的果實，田埂裡的稻田泛著金色的波濤，就連空氣中也充滿了果子的清甜和稻子的香氣。

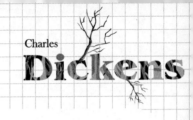

匹克和他的僕人山姆從田野和果園邊駛過，惹得正在拾麥穗和摘水果的婦女和孩子停下來觀望，就連割麥子的農夫也停下來目視著馬車。田埂上拉大車的馬神氣地瞥一眼拉馬車的同類，似乎瞧不起正在塵土飛揚的路上奔跑的駿馬。

很快，車子來到了拐彎的地方，之前那種豐收的景象全然不見了，在田間和果樹下呆立著的人們已經重新開始工作了，拉大車的馬也開始走了，一切畫面就像是電影突然靜止又開始播放一樣。這樣的景色打動了在車內思索的匹克，他正在思考用怎樣的手段才能達到目的——揭穿戲弄過他的金格爾的本來面目。可一瞧見窗外的美景，他就被吸引過去了。

匹克發自內心地感歎：「真是一幅美景啊！」

他的僕人山姆微微敬了個禮回道：「可不是，比我在煙囪頂看到的還要美上百倍。」

「我猜你這輩子從來沒爬過山吧，也就從煙囪頂眺望過遠方。是不是，山姆？」匹克聽到山姆的回答，玩味地笑了笑。

「我才不是個足不出戶的人，先生。我也做過貨車夫的手下，到過很多地方呢！」山姆露出了神氣的表情。

「山姆，你都做過些什麼？」匹克有些好奇地問。

山姆見主人對自己的經歷起了興趣，連忙回答，生怕慢了一拍就錯過了這份好奇。「我剛開始在社會上討生活的時候，最初在一家運貨店鋪當學徒，沒過多久又跑去做貨車夫的手下，再後來就是先生您遇到我的時候，我在旅館幫忙擦靴子。現在，我成了先生您的僕人，一個紳士的僕人。說不定哪一天，我也能變成一個紳士，擁有自己的莊園。」

「喲，山姆你可真有志向，像個哲學家似的。」匹克聽到山姆的回答，不禁笑了起來。

「這是我們家傳的，先生，我的父親比我要厲害得多。當我後母罵他的時候，他歡喜地吹吹口哨；要是後母真的生了氣，折斷他的菸袋，他也不惱，只是默默地再買一根；後母要是還不依不饒，繼續鬧起來，我父親就坐在椅子上，舒坦地抽著自己的菸，等著後母安靜下來。先生，你看，這不是哲學嗎？」

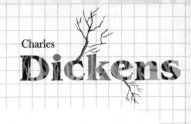

「哲學？哈哈哈！這確實是很好的哲學呢！我想在你的生活中，它發揮了很大用處吧！」匹克大笑著回答。

「可不是嘛，先生。這樣說起來，在我剛從運貨店鋪跑出來沒找到事做的時候，我還住過兩個禮拜沒有床鋪的屋子呢！」

「沒有床鋪？」匹克重複了一句，有點不敢相信。

「對，沒有床鋪，不過那是我住過的數一數二的好地方，交通便利極了，無論去哪個辦公廳都只有十分鐘以內的路程。我想那個地方您也知道，就是滑鐵盧橋那個乾燥通道啊。非要說有什麼不好，就是那地方實在是太通風了，我還在那裡遇到過不少離奇的事！」

「什麼離奇的事？」山姆又選對了話題，他那喜歡聽稀奇古怪故事的主人

03 被戲弄了的匹克

又被勾起了興趣。

山姆慢條斯理地回答：「我遇到的那些事啊，一定會戳破您的慈悲心。那裡並不是什麼流浪者聚集的地方，而是一些年輕的乞丐實在沒地方可去，挨餓受凍寄宿的地方。這些可憐蟲連兩便士的繩子都住不起。」

「等等，山姆，什麼叫兩便士的繩子？」匹克從沒聽到過這樣的東西，不禁問得仔細些。

「兩便士的繩子說的就是便宜的棧房，在那裡，只要花兩便士就能躺在床鋪上舒舒服服地睡一夜。」山姆回答說。

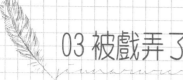

「既然是床鋪，怎麼叫繩子呢？」

「這您就有所不知了，最初棧房的主人確實是用床鋪的。可是那些來睡覺的人怎麼會老老實實地就只休息一夜，總是賴上大半天。那些老闆們見這樣賺不到什麼錢，就想了個法子，在屋子裡橫上兩根繩子，然後把床鋪在上面。」

「什麼？」匹克有些難以置信。

「就是這麼做的，這樣做的好處才多呢。到了時間，老闆就進屋子鬆了一邊的繩子，那些想賴床的人不得不乖乖地從床上滾下去走掉！啊！對不起，先生。咱們是到了聖愛德門德墓地了嗎？」山姆突然瞥見外面的景色，有些不好意思地問道。

「哦，是了。」匹克看了一眼，回答道。

山姆連忙閉上嘴，把馬車趕到小鎮乾淨平整的街道上，朝著旅館駛去，不一會兒就停在了古老修道院對面的旅館門口，上面寫著幾個大字「安琪兒飯店」。匹克吩咐山姆去開一個私人房間，還特意囑咐說不要透露他的名字。

山姆聽了會心一笑，拖著匹克的行李箱執行任務去了。他很快就返回來，引著匹克走進房間。匹克看了看屋子坐了下來，說道：「山姆，那麼，要做的第一件事是……」

山姆沒等匹克把話說完，連忙說道：「先生，已經很晚了，要做的第一件事應該是點餐。其他的事情，明天再說吧。」

匹克掏出衣襟裡的懷錶，看了一看，說：「啊，這麼晚了，你說得對，山姆。不過那些事情還是……」

03 被戲弄了的匹克

山姆想了想，接著說：「先生，如果您聽我的勸，就好好休息一下。明天早上再打聽那個混蛋。您想想，磨刀不誤砍柴工啊！」

「你的話是不錯。不過，我得首先確定他是否在這裡，總不至於再讓他溜了。」匹克雖然覺得山姆的話有一定的道理，依然堅持己見。

山姆回答道：「就讓我來打探消息吧！先生您在房間休息，我下樓給您點餐，就在等待的工夫，我到門房把那些消息通通從擦靴子的人口裡挖出來。」

「那就這麼辦吧！」匹克十分贊同山姆的主意。山姆聽到主人的允許，連忙到樓下張羅。

不到半個小時，匹克已經坐在桌邊心滿意足地吃起了飯。又過了大概四十五分鐘，山姆回來彙報打聽到的消息。「先生，我打聽到了。那個傢伙化名為查理斯，今晚去了附近的公館，還帶了他的僕人，臨走的時候吩咐僕人將他的私人房間留著，將來不要的時候會再來通知。」

「嗯，很好。」匹克越來越滿意山姆的辦事效率了。

「還有，先生，要是我明早能見到那個僕人和他談一談，他主人的事情我們就統統清楚明瞭了。」

「你確定？」

「哎呀，先生。您忘記了，僕人們不總是這樣嗎？」山姆答道。

匹克輕拍了一下額頭，感慨道：「哦，可不是，我倒是忘記了！」

「那麼，等我打聽好消息，您就可以好好設計一番了。」山姆回答道。

匹克想了半天也沒找到比這更好的法子，同意了山姆的建議，順便允許山姆按照自己的意願消磨時間。服侍匹克睡下後，山姆跑到了酒吧，和那些酒客一起度過了愉快的一夜。他們喧鬧的聲響穿透了木板，害得匹克少休息了近三個小時。

第二天一早，山姆在馬廄洗了個淋浴，想減少一點昨夜豪飲的疲倦。洗澡時，他看到一個身著湛藍色衣服的僕人坐在院子裡讀一本厚厚的書，時不時還偷瞄自己。「真是個奇怪的傢伙！」山姆心想，但是他沒有理睬繼續洗澡。

那人並沒有因為被山姆發現而停住，反而越來越大膽地在書本和山姆身上看來看去。山姆發現了這一點，想了想向對方點了點頭，又打了個招呼。對方立刻回應道：「我很好，先生。希望你也過得愉快！」

「嘿嘿，昨晚喝得太多了，今天有些頭痛而已。昨天怎麼沒看見你，老兄？你也住在這裡？」山姆回答道。

「是的，我們住在這兒。昨天我跟我的主人一起出去了。」那個陌生人回答道。

「哦，怪不得，你的主人叫什麼？」山姆好奇地問道，由於莫名的興奮變得滿臉通紅。

「查理斯．菲茲．馬歇爾。」那個人回答。

「兄弟，把你的手遞給我。我很喜歡你的模樣！讓咱們認識認識。」山姆走了過去，繼續攀談。那個人伸出了手，說道：「老兄，我也對你一見如故。這就是緣分啊！剛才看你在水龍頭下洗澡，我就想跟你交談了。」

「真的？那我們可要好好聊一聊！我叫華卡，你呢？」山姆爽朗地笑了笑，心中暗自為陌生人的友善鼓掌。

「我叫喬伯。你的主人又是哪位呢？」陌生人回答道。

「我的主人是威爾金斯。你想喝點什麼嗎，喬伯先生？」山姆問道，帶著新認識的喬伯向酒吧間走去。不久，兩個人坐在吧台前，喝起了用不列顛松子酒和丁香汁調配的飲料，邊喝邊聊。

「對了，你的主人對你怎麼樣？」山姆問道，順便給喬伯斟滿了第二杯。

「糟糕透了，別提了。」喬伯喝上一口，重重地放下杯子。

山姆聽到這樣的回答，反問道：「你不會是在跟我說笑吧！怎麼可能？」

「我沒騙你，我敢發誓。我還不知道以後的日子要怎麼過呢！」

「發生了什麼事？」

「哎，我即將有一位新的女主人，我的主人快要結婚了。侍奉一個多事的主人就夠麻煩了，再加一位，你說是不是糟糕透了？」

「不會吧？新娘是哪裡人啊？」

「噓，那是個十分有錢的女繼承人，現在還在寄宿學校裡呢！我的主人要跟她一起私奔！」

「什麼？真的假的？難道是這鎮上某個寄宿學校的女學生？」山姆提出這

個問題的時候，聲音裡並沒有透露出關切，好像就是那麼隨便一問，不過他的手勢卻揭穿了他渴望答案的心。喬伯看出來了，連忙閉上了嘴，喝酒的杯子也拿到了一邊。「不行，我不能說！這可是個祕密，大祕密，我誰也不能告訴！」

山姆看了看喬伯的空酒杯，一下就明白過來，連忙把喬伯的酒杯倒滿，繼續問道：「真的不能說？」

「當然不能說。」喬伯滿意地把玩手中盛滿酒的杯子。

「我想，你的主人也身價不菲吧？」山姆見無法得到滿意的答案，轉換了話題。喬伯並沒有直接回答，而是一手托著酒杯，一手拍了拍衣服口袋，示意他的主人要是這樣拍拍口袋的話，你是聽不到硬幣撞擊的聲音的，緊接著，做出了數錢的姿勢，眼睛裡透著貪婪。

山姆一下子就明白了，喬伯的主人不僅是個窮光蛋還十分貪財。「啊！原來是這樣。那你幫助你的主人欺騙那麼一個善良的小姑娘，不會覺著自己罪孽深重嗎？」

「我知道這是狼狽為奸，可是……可是，我也無能為力。你說，我該怎麼辦？」喬伯露出了一臉的悔意，對著山姆歎氣。

山姆說：「還能怎麼辦，跑去寄宿學校將這件事情告訴那位女學生，讓她放棄你的主人。」

「可是，誰會相信呢？誰會相信一個僕人的話？就算我說的是實話，那位天真善良的富家小姐一定會矢口否認的，我的主人更會那麼做。我只能丟了飯碗，甚至還會惹上官司。」喬伯辯解道。

「你說得也有道理。」山姆想了想說。

喬伯看了看山姆，說道：「華卡，倘若哪位善良的紳士願意管一管，或許還能有一線希望。可是在這個陌生的地方，我誰也不認識。即使我有認識的人，誰又肯為此冒險呢？」喬伯一臉的苦惱。

山姆一把抓住喬伯的手：「跟我來，我的主人正是你需要的人。他是我見過的最正直善良的紳士了，一定會答應你的請求的。」喬伯抗拒了一會兒，就被山姆帶到了匹克的房間。

山姆簡要地把談話的內容說給匹克聽，接著向他引薦了喬伯。

「喬伯，我很讚賞你的行為。」匹克點了點頭。

「可是，我背叛了自己的主人，先生。如果不是，如果不是……」喬伯掏出一條手絹，低下頭擦了擦眼睛。

「這不是背叛，正因為你忠於你的主人，才不能讓他犯這樣的錯誤。你是個忠實的人。」匹克說道。

「可是，可是我的主人明明囑咐過我不要把這件事說出去，即便他是個流氓無賴，還是供我吃穿，我卻沒有聽從他的命令。」喬伯一邊說，一邊掉眼淚。匹克見此情形大為感動，山姆卻十分看不慣，插嘴說道：「把你的眼淚收一收，這東西沒有用，有什麼好哭的？」

「山姆，你竟然一點也不理解喬伯！他做出這個決定是多麼艱難！」匹克責備道。

山姆回答：「正是理解他才這麼說的。他就算是真的難過，也最好把眼淚收起來，何必一定要表現出來。哎，年輕人，快把你那條破布收起來，就算它漂亮你也不必在我們眼前揮舞。回去好好想一想吧！」

匹克對喬伯說道：「也許我的僕人表達看法的方式太過激進了，但是他的話還是有些道理的。」

「是的，先生，我想我明白了，我再也不會這樣了。」喬伯連忙收起手絹，坐直了身體。

「那麼，喬伯，那間寄宿學校在哪裡？」

「就在城外，先生，就是那幢古老的紅色房子。」喬伯回答道。

「你的主人準備什麼時候帶著那位善良的富家姑娘私奔？」

「就在今天夜裡，具體時間我也不是很清楚，所以我才這樣著急啊！」喬伯搓搓手，眼睛看著地板。

「什麼，就在今天夜裡！山姆，我們得馬上動身去找寄宿學校的校長！去準備馬車！」匹克有些激動，轉過身對山姆說道。

喬伯連忙制止，說道：「不行，先生，這樣行不通的。寄宿學校的校長很賞識我的主人，就算你拿出證據，說我主人做了壞事，恐怕她也不相信。更何況現在你無憑無據的，校長更不會理你。」

「那我們要怎麼做呢？怎樣才能讓那個老太太相信？」匹克開始在屋子裡來回踱步，不知道如何是好。

「先生，您最好在他們私奔的當場抓住他們，這樣校長一定會相信你的。」喬伯回答道。

「那些又老又古板的人，不撞到牆是不會回頭的。」山姆插了一句。

匹克想了又想，敲了敲桌子。「要現場抓住他們很難辦到，而且你也不知道確切的時間。」匹克的目光移到了喬伯的身上，上下打量。

「那也未必，我聽從主人的吩咐賄賂了住宿學校廚房的兩個傭人。大致的計畫是：十點鐘之前，我們躲在廚房裡。等到寄宿學校的人都睡著了，我們就從廚房裡出來，和小姐在後花園會合後，一起乘坐準備好的馬車逃跑。」

「噢？」匹克摸了摸下巴。

「先生，如果你一個人躲在後花園，在他們會合的時候抓住他們，這件事情就成了。」喬伯說道。

「為什麼不帶幾個人？」匹克問道。

「先生，您想想，這樣的醜事自然知道的人越少越好。且不說寄宿學校的老太太不願意讓別人知道，您想想那個被騙的年輕小姐，想想她的心情。」

「呃，你說得對，是我沒考慮周全。看來你已經有了大概的想法，仔細說說，你打算讓我怎麼做？」

「我想，您一個人等在後花園，我悄悄地溜過去幫您打開通往園子的門，您再過來幫我破壞這個混蛋的計畫。我不願意再做他的幫兇了。」喬伯握緊了雙拳，似乎下定了決心。

「哎，雖然你只是個僕人，但是你的品格要比你的主人高尚多了。倘使你的主人能有一點點良心，也許他還有救。」匹克說。喬伯連忙站起來深深地鞠了一躬，眼圈又開始泛紅，不知道是因為愧疚還是被說中了心事。

山姆看見這樣的情景，大聲嚷嚷起來：「我真想敲開你的頭看一看，是不是裡面有個瀑布啊！」

「閉嘴，山姆！說實話，我不怎麼喜歡這個計畫，為什麼我不能立刻動身找到那個小姐的朋友，一起去寄宿學校勸勸那個可憐的人呢？」

「先生，那裡實在太遠了。等您回來，估計我的主人已經帶著那位小姐遠走高飛了！」喬伯連忙說道。

「好吧，我真是無話可說。我有個疑問，怎麼進到花園裡面？」匹克疑惑地望著喬伯。

「我早就幫您想好了，後花園的院牆很矮，您踩在您僕人的肩上就能翻進去。」喬伯連忙解釋道。

「翻進去。好吧，為了那位小姐，我就只好這麼做了。我們一言為定。」匹克的心裡十分無奈，他根本不想如此冒險。不過復仇的欲望很快佔了上風，他決心揭穿那個虛偽的人。

「那個寄宿學校怎麼走？」匹克問道。

「只要您沿著主路走，一直走到鎮子的盡頭，它就孤零零地立在那裡，一眼就能瞧見。」喬伯回答。

「好吧，我為你的行為驕傲。這個金幣賞給你，千萬別忘記到時候替我開門。」

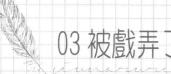

喬伯接過金幣，深深地鞠了一躬，說道：「善良的紳士，您真是個又善良又正直的人，我一定會按時出現的。」說完他就退了出去，山姆跟在後面。

「你是怎麼回事，像個姑娘一樣哭哭啼啼的，心裡倒是有不少好主意呀！」山姆說。

「華卡，我可是發自內心的。」喬伯立刻正色道，說完就一個人走了。山姆看著喬伯離去的背影，心想：「哼，這個傢伙，我到底是把你的話都套出來了，還祕密！」

似乎是因為懷著這樣激動人心的計畫，匹克和僕人山姆感覺時間過得飛快。很快山姆回來報告，說金格爾已經和喬伯一同出門了，他們帶好了行李而且訂了一輛馬車。顯而易見，陰謀正在進行中。

匹克按照和喬伯之前的約定，在十點半出發了。為了完成艱難的任務，他甚至拒絕穿上用來保暖的厚重外套。

那是一個美妙的夜晚，月亮躲在雲層後面偷窺，視野裡的一切都被黑暗覆蓋，閃電在天邊醞釀著，這是黑暗中唯一的一點光亮。除了偶爾傳來的狗吠，

03 被戲弄了的匹克

周圍安靜極了。山姆帶著匹克來到了那幢古老的宅子，悄悄地繞到了院子後面，找到了那座低矮的圍牆。

「你幫我爬過去之後，就回到旅館等我吧。」匹克吩咐道。

「好的，先生。」山姆回答得很爽快。

「對了，回去不要睡覺，要一直等我回去。」匹克有些不放心。

「我知道，先生。不用你吩咐，我連個盹兒都不敢打。」山姆生怕匹克不信，還舉手發誓。

「好了，你抱住我的腿，我讓你舉起來，你就輕輕地舉我過去。」按著匹克的吩咐，山姆輕輕地舉起了他，不過動作要比匹克想的粗魯多了。也不知道是山姆的力氣太大，還是怎樣的，他這一推，匹克直接翻了過去，壓倒了三株醋栗和一棵玫瑰。山姆聽到牆另一邊的聲響，擔心地低聲問：「主人，您沒有受傷吧！」

「我也不想受傷，不過你已經害我受傷了，大概劃破幾塊皮吧！你快走吧，讓人聽到可不好。」

「再會！」山姆連忙輕輕地回了一句，又躡手躡腳地走開了。匹克一個人待在院子裡，躲過從視窗透出來的燈光，在約定的門附近找了個角落蹲下來，等待喬伯來開門。時間不知道過了多久，匹克在心中想了很多。他覺得喬伯是個可信的人，更何況喬伯還收了他的金幣，但是也為自己即將做的事情提心吊膽。胡思亂想中，匹克漸漸累了，蹲在那裡打起盹來。不久後，遠處教堂的鐘聲驚醒了正在小睡的匹克。時間差不多到了，他輕輕地敲門，可是沒人回應。

過了一會兒，匹克又試了一遍，這次屋子那邊傳來了聲音。一個人出來了，腳步聲由遠及近地傳來，那扇小門的鑰匙洞也透出了微弱的光。時候到了，匹克激動地站起來，伴著嘩啦啦的開鎖聲，門緩緩打開了。匹克小心地看向開門的人，讓他吃驚的是，那並不是喬伯，而是一個陌生的女僕。匹克像受了驚嚇的烏龜，快速縮回他的頭。

女僕沒有看到人影，轉過頭像是對什麼人說話：「沒什麼人，估計是路過的野貓吧！」然後重新關好了門。匹克緊緊地貼著牆壁，心裡納悶，為什麼開門的不是喬伯而是女僕呢？難道今天她們比平常睡得晚？

03 被戲弄了的匹克

匹克小心翼翼地又蹲回角落，決定一會兒再試一次。過了大約五分鐘，天邊蠢蠢欲動的閃電爆發了，緊接著是一連串的電閃雷鳴，暴雨傾盆而下。匹克從上到下、從裡到外被淋個濕透。

雷雨天氣裡，樹下可不是什麼安全的地方，匹克對於這一點還是知道的。他掙扎地躲開一株又一株的樹木，腦海中浮現的不是自己被閃電擊中的情形，就是自己被人發現後讓員警逮住。「實在是太可怕了！」匹克心裡冒出了這樣一句話。他不知道如何是好，決心再去試一次。

他回到小門，依照暗號敲響了門。「誰呀？」回應的依然是個高亢的女聲，喬伯不知道哪裡去了。緊接著，像是回音一樣，陸陸續續地傳來「誰呀」、「誰呀」，聲音十分尖銳。

匹克的敲門聲吵醒了整個學校的人，而他在黑暗之中像個落湯雞一樣站著，渾身上下因為恐懼而瑟瑟發抖。他生怕被人發現，決定留在原地，等一切平息的時候再翻牆出去。雖然他也不清楚自己能不能戰勝那座矮牆。匹克的選擇是眼下最好的一個，不幸的是有人衝出來開了門。

從門裡面傳來了像合唱團一樣的「誰呀」，發出聲音的有學校的校長、教員、女僕、寄宿生。有些女子甚至沒有穿戴整齊，披著頭髮站在門裡面。匹克自然不敢應聲，不過不用他開口，他遲早會暴露在那些女人面前。

那聲疑問在一瞬間，變成了「啊」的尖叫。聲音會聚在一起，變得巨大而響亮，恰在此時，一個大閃電劃破了天空，雷聲也隨即而來，轟隆作響。

人群聚在一起，膽小的女子已經開始渾身發抖了。一個蒼老威嚴的聲音有些顫抖地說：「廚師，你，你快走過去看看！」發出聲音的人謹慎地躲在最裡面。

「不，太太，我不願意！太可怕了，我不去！」答話的是一個女廚師，她的聲音甚至帶著哭腔。

「居然還敢頂嘴！快去看看！」女校長的聲音十分急促，甚至能聽到跺腳的聲響。一時間，無數人開始一起責怪那個膽小的廚師。

那個可憐的人顫抖地拿起蠟燭，被逼著向前邁了兩步。周圍實在是太過漆黑了，蠟燭微弱的燭火更是照亮不了什麼。「是風，一定是風，外面什麼都沒有！」廚子用顫抖的聲音向校長彙報。就在門要重新關起來的時候，一個寄宿生驚聲尖叫：「有，有個男人在門後！」場面立刻又混亂起來。

所有的寄宿生尖叫著後退，有人甚至已經昏了過去。年老的校長衝進自己的房間拴上了房門，還不放心地用凳子抵住。在這混亂的場景中，匹克站了出來，他身上的衣服不時還滴落兩滴水，他說：「親愛的女士們！」

「他居然說我們是親愛的，這個混蛋！」不知道是哪個教員吼道。屋子裡傳來各種各樣的唾罵。

「女士們，靜一靜，女士們！」匹克不得不提高自己的音量，以確保自己說的話能被那些嚇得驚慌失措的人聽到。「我不是強盜，也不是壞人。聽我說，我是來找這裡的校長的，讓我跟她談一談。」

「天，他是來找湯姆金斯小姐的！」

「不要相信他！」

「拉警鈴，快！拉警鈴！」屋子裡又亂成了一團。

「不，不要報警。你們看看我，我不是個強盜。尊敬的女士們，如果你們不相信我，可以過來用繩子捆住我，我絕對不會掙扎。只是你們必須聽我說話，請你們聽聽我要說的話！」匹克先生大聲喊道，揮舞著雙手，生怕有人真的去按警鈴。

「你，你是誰？為什麼會來這裡？」一個壯起膽子的女僕斷斷續續地問道。

「叫你們的校長來，只要你們安安靜靜地叫校長來，我保證你們會知道一切。」匹克舉起自己的手接著說，「如果你們不信，我可以發誓。」

也許是被匹克的態度打動了，或者是出於對這個深夜訪客的好奇，那些尖叫的人漸漸恢復了鎮靜，幾個恢復理智的女士，建議讓匹克待在壁櫥裡和校長湯姆金斯小姐談判。匹克聽話地照做了，他鑽進那個掛著帽子和三明治袋子的壁櫥，隔著壁櫥的門跟女校長交談。

「你……你這個男人，來這裡做什麼？」那位女校長用微弱的聲音，斷斷續續地問道。

「聽我說，您這裡的一個年輕小姐今晚要跟一個混蛋私奔！」匹克回答

03 被戲弄了的匹克

道，他盡己所能地想讓對方感受到他的真誠，但他的話像是一塊投入水中的石頭，激怒了所有的人。

「什麼？私奔？和誰？」所有人一同喊道。

「和一個叫做查理斯．菲茲．馬歇爾的先生，是您的一位朋友。」

「那是誰？我從來沒有一個朋友叫這個名字！」

「那，那就是金格爾先生。」

「他又是誰？我敢發誓我這輩子沒聽過這個名字！」

女校長的回答擊垮了匹克所有的信心，他被戲弄了，他上當受騙了，他幾乎陷入了絕望之中。「女士，我上當了，我被一個無恥卑鄙的人設下了陷阱，如果您不相信我，就找人到安琪兒飯店找人問問。您一定要去找人問問，您找我的男僕來，我求您了，女士。如果您不放心，你們可以把壁櫥鎖上，我保證我就待在這兒等我的僕人來。」

「他有個男僕，哦，那他一定是位紳士！」女校長對一旁站著的女教師說道。

「紳士，不，我想就算他有僕人，那也是他家裡雇來看管他的。他一定是個瘋子。」那個女士回答道。

「格茵小姐，也許你說得對。我們派兩個人去安琪兒飯店，其他的留下來。」女校長開始發號施令，其餘人都按照這樣的指令行動起來。匹克可憐地坐在關緊的壁櫥裡，等候山姆的到來。他的心裡滿是懊惱和悔恨，對金格爾的仇恨更深了。

一個小時過去了，派出去的女僕回來了。聽聲音，匹克發現來的人除了山姆外還有兩個人。他被怒火塞滿的腦袋根本沒辦法猜出這耳熟的聲音究竟是誰。壁櫥外進行了短暫的一段談話，緊接著，壁櫥的門被打開了。匹克面前站著寄宿學校的全體人員，以及匹克的朋友老華德爾及他未來的女婿，還有山姆。

匹克不顧自己濕透了的衣衫，奔過去握住老華德爾的手，激動地說不出話來。過了好一會兒，他才說：「我親愛的朋友，你來了，看在上帝的分上，你要為我作證，我既不是強盜也不瘋子！我是被人陷害了！你一定從山姆那裡聽說了這件事。你一定要給我作證，一定！」

老華德爾安撫地拍了拍匹克，說：「我親愛的朋友，你受苦了。我已經說過了，我已經告訴她們了。」匹克漸漸地恢復了冷靜。

「我的主人，那種話不管是誰說的，都是胡說八道，信口開河。要是讓我知道是這屋子裡哪個男的說了這種話，哼哼，我一定要給他點顏色看看！」說著，山姆一手握成拳頭使勁在空中揮了揮。「這屋子裡的各位女士，你們知道是誰這樣詆毀我的主人嗎？我一定要讓這個人受點教訓！」

屋子裡的女人們頓時被兇神惡煞的山姆嚇到了，連忙讓開。匹克仔細解釋了一番，很快就和他的朋友們離開了。

回去的路上，匹克就像生了重病一樣，什麼也聽不見，什麼也不回答，一聲不吭地回到自己的房間睡覺了。睡覺之前，他囑咐山姆，倘若他按鈴就端蠟燭過來。

過了不知道多久，山姆聽見了鈴響，趕忙端起蠟燭，來到備受打擊的主人身邊。

「山姆？」

「我的主人，您還好吧！」

匹克搖了搖頭，屋子裡又陷入了一片沉寂。山姆拿起剪刀剪了剪燭心。

「那個該死的喬伯在哪？那個該死的騙子在哪？」匹克突然十分憤怒地吼道。

「他走了，先生。」

「跟他那卑鄙的主人一起走了？」

「不知道是主人，還是他的朋友。總之，他們走了，他們是一夥的，一樣的可惡。」山姆邊回答邊握緊拳頭，看來對於那兩個人，他抱著同樣的憎恨。

「一定是該死的金格爾發現了我，然後叫那傢伙編故事騙你，是吧？是這樣吧？」

「是的，應該是這樣的，先生。」

「該死，下次，下次我絕對不會讓他逃了。」

匹克從床上起來，使勁兒揮動拳頭，打那無辜的枕頭。他已經把那枕頭看做金格爾那混蛋的臉，拼命地捶下去。「等我再見到他，我一定狠狠地揍他，讓他嘗嘗拳頭的滋味。我若不報復，我就不是匹克了！」

「還有那個該死的喬伯，倘若不抓住狠狠地打上一頓，讓他真的流下悔過的淚水，我就不是山姆！」被匹克的情緒感染，山姆也在空中揮舞著拳頭，好像正在打那個叫喬伯的騙子一樣。

Charles Dickens

04

歸囚

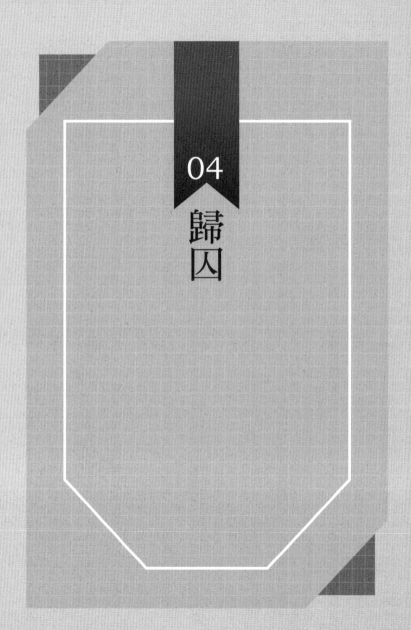

二十五年前，我作為一個牧師，剛剛來到這個村子。村子中有一個人惡名遠揚，那個人就是愛德門德。愛德門德是一個脾氣暴躁、心腸狠毒的人，時常跟幾個和他一樣懶散嗜酒的流氓在田野間晃蕩或者在酒店豪飲。除了那三、五個人，他沒有一個朋友和熟人，村子裡的人每次看見他都躲得遠遠的，生怕和這個壞蛋有一丁點的聯繫。

那時的愛德門德已經結婚了。他的太太溫婉善良，他還有一個聰明伶俐的兒子。教堂附近有一小片田地是他租的，但我從來沒看他幹過活，只有他的妻子一年到頭勤勞地耕作，操持著家。

在所有外人看來，愛德門德的妻子是個堅忍可憐的女子，一直生活在痛苦之中。愛德門德從來不把他的妻兒當人看，一次次地傷他妻子的心。他的妻子始終默默忍受著。在我看來，一方面，那個善良的女人為了撫養自己的孩子，不忍心離開愛德門德；另一方面，她確實很愛著愛德門德，她在苦難中一直容忍，就是證據。我想她是憑藉著對相愛時的愛德門德的回憶，才一直支撐著。

愛德門德一家的生活十分困苦，儘管愛德門德的妻子不分早晚地辛勤勞作，讓他們一家能夠吃飽穿暖，但是愛德門德一點也沒感謝她，反而在酗酒之後，動輒打罵妻兒。深夜裡，人們不只一次聽到可憐女人的哀求和哭泣聲；那個小男孩也不只一次敲響鄰居的門，只為了躲避他父親的暴打。村民們都十分同情這對苦命的母子，但對於他們的遭遇除了同情之外，也做不了什麼。

在我的印象中，每個週末這個可憐女子都會帶著孩子準時來教堂做禮拜。每次我都看到愛德門德太太帶著一身無法掩飾的傷痕坐在她固定的座位上，那個男孩則乖乖地待在她旁邊。母子倆雖然衣著破舊，遠不如他們的鄰居，但總是整潔乾淨。每個人見到他們母子都友善地微笑示意，或者打打招呼。有時候，她做完禮拜還會站在教堂大門的榆樹下和鄰居聊聊天，滿懷著身為母親的驕傲和喜悅看著自己辛苦養大的孩子和其他小朋友一起玩耍嬉戲。她那因為操勞而顯得蒼老的臉因為發自內心的感恩而變得開朗。

大概過了五、六年，那個瘦弱的男孩子已經變成了一個強壯的小夥子。他原本纖細的身材和四肢變得孔武有力，而愛德門德太太卻飽受歲月的摧殘，顯得愈發老態龍鍾。愛德門德太太的背也佝僂了，漸漸步履蹣跚。每次做禮拜的時候，我看見愛德門德太太都是一個人。她孤零零地坐在老位置上，身邊的位置空蕩蕩的。原本應該陪著愛德門德太太的孩子，再沒有出現過。她手中的《聖經》保存得和原來一樣完好無損，小心細緻地查明、疊好要讀的部分。只是她沒再露出開朗平和的表情。大家朗誦的時候，我看見她一個人在座位上落淚，眼淚無聲地從她凹陷的兩頰滑落。鄰居們對她還是一樣和藹，但是她每次都躲開人群，悄悄地拉低帽子離開了。我再沒見到禮拜結束時她站在榆樹下的身影，大概連她自己也不願勾起以前快樂的回憶。

如果非要深究愛德門德太太逃避人群的原因，大概是令她心寒的兒子。漸漸長大的青年早已不是那個聽話的孩子，他不顧母親的付出，跟他的父親一樣墮落。他和一群無賴混在一起，終日無所事事，聽從別人的教唆，瘋狂地做著一件件叫他母親傷心丟人的冒險勾當。倘若那青年有一點點良心，也不會讓愛德門德太太傷心至此。可是偏偏這個少年像是刻意遺忘母親為他所遭受的種種痛苦、忍受的種種折磨一樣，變成了和老愛德門德一樣讓人厭惡的傢伙。這不禁讓人感歎，有其父必有其子。

然而，對於愛德門德太太而言，不幸並沒有到頭。她那不成器的兒子被當做犯罪嫌疑人抓了起來。小愛德門德和他的混混同伴在鄰近的鎮子做了多起案件，一直沒被警方抓住。變得越來越膽大妄為的他們犯下了一起劫案。這次他們的好運用光了，員警經過追查和搜索將犯罪嫌疑人鎖定在他們四個身上。就這樣，不爭氣的小愛德門德被抓起來，判了死刑。

我永遠也忘不了審判的那一天，愛德門德太太在聽到判決的那一刻，發出了刺耳的尖叫，就像是她自己被判處死刑一樣絕望。那淒厲的慘叫讓站在被告席上的小愛德門德面如死灰，直冒冷汗。那個強壯的男子渾身發抖，終於不再無動於衷了。飽受苦難折磨的愛德門德太太在如此沉重的打擊下跪在了我的面前，她不知道能做什麼，只是祈求萬能的主能饒恕她兒子的罪惡，讓她能夠從這痛苦的深淵中逃脫出去。

看著因為過分悲痛倒在地上的愛德門德太太，我目不忍睹。我眼前是一個被厄運和不幸糾纏的女人，她的心早就碎成一片一片的了。可是她從來沒有抱怨過上蒼，只是默默忍受著這一切。面對這樣可憐的人，老天爺居然沒有一絲憐憫。愛德門德太太那心如岩石的兒子一直病懨懨的，執拗地對她不理不睬。就算她不論颳風下雨，每日每夜在監獄哀求也是白費力氣。即使小愛德門德逃離死亡，也沒有轉變執拗的態度。愛德門德太太畢竟老了，她原本不健康的身體在這樣沉重的打擊之下，更是不堪一擊。不久她就染上了重病，即便這樣，她依然拖著毫無力氣的身子，掙扎著去看望她的兒子。

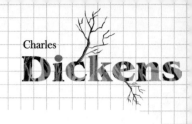

有一天，愛德門德太太倒在地上，再也支撐不下去了。小愛德門德的考驗來了，他的冷漠變成了對母親的擔憂和焦急。小愛德門德終於記起了為他犧牲的偉大母親。一天過去了，母親瘦弱的身影沒有出現；第二天，他還是沒看到自己可敬的母親；第三天、第四天……再過二十四個小時，小愛德門德就要離開了。這簡直是報應！在這個孩子終於意識到自己的錯誤時，他卻要和自己的母親永遠分開了。

小愛德門德焦急地在監獄的院子裡走來走去，期盼著有人能帶來他母親的消息，所有的陳年往事都湧上心頭。在醉醺醺的父親面前保護著自己的母親，在田地裡辛苦勞作的母親，在教堂榆樹下對自己微笑的母親，他那和藹可親的母親病倒了。這世上唯一一個關愛他的人，病倒了。也許他的母親要死了，一想到這一點，他就發自內心的懊惱。倘使他還自由，他一定會一個箭步衝到自己母親的身邊。然而此時，小愛德門德只能看著自己手上的鐐銬，拼命搖撼眼前的鐵柵欄。「來不及了。」懷著這樣的念頭，小愛德門德蹲在地上，無力地啜泣著。「我，我再也看不見我的媽媽了。」

我來到這個在監獄中懺悔的孩子面前，滿懷憐憫地傾聽他悔過的誓言和他祈求母親原諒的話語，聽他談自己未來對母親的種種奉養計畫。儘管我聽到這些時就意識到小愛德門德那可憐母親或許等不到那樣的日子了，可我還是像傳聲筒一樣，將這些深情的話語帶到重病臥床的愛德門德太太耳邊，然後為小愛德門德帶回他母親的寬恕和祝福。當天夜裡，小愛德門德就被救走了，很久都沒有消息。

小愛德門德走後的兩個星期，他可憐的母親因病過世了。我堅信這個善良堅韌的女子去了天堂，在那個世界好好休息著。我為她舉行了葬禮，將她埋藏在教堂的墓地裡。雖然沒有墓碑，但她的故事世人皆知。她良好的德行為她留下了美名。

小愛德門德走後，我沒有收到過他的一封信。這讓我幾乎以為他已經受不了嚴苛的刑罰往生了。畢竟他走之前信誓旦旦地保證一旦得到允許就寫信給他的母親。小愛德門德的父親，依舊終日四處遊蕩，自從兒子被捕，他就拒絕承認有這樣一個孩子。

事實上，小愛德門德還活著，因為他一直待在偏遠的地方，所有他寄回來的信，我一封也沒有收到。但是他歷盡無數艱難，堅持對母親的誓約回到了家鄉，又回到了這個村子。十四年後，小愛德門德出現在我面前，他一個人回到了這個留著他童年記憶的村子。

教堂前的老榆樹，愈來愈高。陽光透過樹蔭灑在小徑上，小愛德門德想起了童年時的自己。他總是每個週末由媽媽牽著，安靜地走進這家莊嚴的教堂。他清楚地記得，每次做禮拜時，他都和媽媽一起翻開《聖經》，一字一句虔誠地念著。有時候他抬頭看著母親，面色蒼白的婦人會俯下身親吻他的額頭，一滴滴眼淚落在他的額頭上，他也跟著莫名地哭泣。當時，他一點也不知道這些眼淚的含義。

小愛德門德還想起，有時候他會和鄰居家的孩子在路上嬉戲遊玩，一回頭，就能看到母親嘴角掛著笑意，溫柔地呼喚他。緊接著他想起那個讓母親心碎的自己。那時候不懂事的他把母親的勸告當做噪音，把母親的囑託視為洪水猛獸。他忘不了身患重病的母親是怎樣在監獄門口哀求，企圖打動自己的心。懊惱和愧疚讓小愛德門德無地自容。

小愛德門德推開了教堂大門，空無一人的教堂裡回蕩著他一個人的腳步聲，空洞而可怕。他環顧四周，教堂並沒有什麼變化。古老破舊的石碑依然立在那裡，他走近他媽媽坐的老位置，熟悉的坐墊不見了，《聖經》也不見蹤影。他想，也許自己的母親已經老到沒法一個人來教堂了，也許……他不敢再想下去，即便他知道那極有可能發生，但是他拒絕想下去。他渾身顫抖，越來越覺得害怕，他決定走出這讓人心痛的地方。

一出大門，他看見一個老人走了進來。小愛德門德大吃一驚，連忙後退了一步。他記得那位老人認識他，不知道自己會從老人的口中聽到什麼，恐懼和擔憂籠罩在他頭上。老人走過時，看著他像對待陌生人一樣對自己說了句「晚安」，就走開了。他走出教堂，穿過村莊，看著人們在院子裡乘涼。很多人帶著對陌生人的畏懼望著他，他試圖在人群中找到熟悉的面孔。曾經玩耍的夥伴，現在有了自己的孩子。曾經年輕力壯的叔叔，現在變成孱弱的老人。熟悉的人越來越少，沒有一個人記得他。

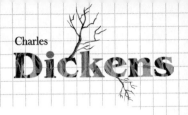

小愛德門德走到他家的老房子，站在門前有些惴惴不安。「母親」，他腦海中滿是這兩個字，他在拘禁的漫長歲月裡心中一直牽掛的人。夕陽的餘暉灑在屋頂，家的樣子一點沒變。看著院子裡的樹，他感覺像回到小時候在樹下酣睡的日子。他小心翼翼地靠近，聽到屋子裡傳來陌生的笑聲。他遲疑了，他懼怕著那個噩耗。就在這時，他好像看到門開了，一群小孩子嬉鬧著跑出來，孩子後面還跟著一個熟悉的身影，那個讓他發自心底畏懼的身影。

這位歸囚設想過千百次回家的情形，偏偏沒有預料到這一種。他連家都沒有了，他那善良溫柔的母親也不知所蹤。這不是他想像中的家，他以為他回來的時候能看見媽媽激動的臉龐，能得到寬恕，然後他和母親幸福地生活下去。

他的故鄉沒有人記得他，甚至他沒有地方可以容身。他是個不受歡迎的人，就像個陌生的過客。他曾經忍受的經年累月的寂寞和回家的決心頓時變得可笑。

小愛德門德像洩了氣的皮球，一點氣力也沒有了。他不知道該去哪裡，他甚至提不起勇氣去尋找唯一可能同情他、接納他的人。他遠離人群，走到記憶裡熟悉的草地，蒙著臉撲在地上，像是回到母親的懷抱裡一樣。

小愛德門德並沒有看見不遠處河堤上的人，只是突然聽到衣服摩擦發出的沙沙聲。他抬起頭，看到了那個他一輩子都無法忘記的身影。佝僂的背、破破爛爛的衣服無不昭示著對方的貧民身份，小愛德門德無法相信自己的眼睛，他蹲下來，湊近了生怕認錯。

「說話！」小愛德門德衝著老人吼道。

老人聽到這聲音，嚇得渾身顫抖、面色慘白。那位老人高聲咒罵著退了一步。小愛德門德聽見這聲音，眼睛裡冒出了復仇和興奮的光芒，他一步步走到老人面前。

「滾開，快滾開！」老人因為憤怒和恐懼扭曲了面孔，聲音又尖又利，像是看到了可怕的惡魔。他不停地揮舞著手中的手杖，根本無法控制它落在哪裡。

小愛德門德一把奪過手杖，面目猙獰地笑著：「惡魔，你這個惡魔，我終於找到你了，我終於找到你了。哈哈！哈哈哈！」

小愛德門德邊說邊扼住老人的脖子，任由老人在他手中無力地掙扎。老人最後發出的求救聲像是妖魔的咆哮，在田野間久久地迴蕩著。血從他的口裡和鼻子裡湧出來，染紅了草地。一切都結束了，小愛德門德看著那個老人——他的父親重重地倒在污濁的泥塘裡，就邁著輕快的步子回到了教堂。

我又見到了小愛德門德，並且雇用了他。他發自內心地懺悔、改過，漸漸變成一個好人。直到他去世，村子裡也沒人發現他就是曾經的那個少年——約翰・愛德門德。

05

雷德羅的魔法

01

每當人們感到自己不知所以然時，總會說：「難道是鬼上身了？」在這裡我要說一句：「對極了，你就是被鬼上身了。」

有這樣一個人，縱使他衣著得體、儀態優雅，你也會從他灰暗蒼白的臉頰、深陷的眼窩和晦暗的黑色裝扮中感受到一種無法言喻的恐怖氣息。他的臉如同商店裡的人形模特兒一樣毫無生氣，靈魂就像被蟲蛀鼠咬過一般殘破不堪。他沉悶少言，陰鬱駭人，離群索居，好似人間的快活與他無關。每當他開口說話時，聲音如同砂紙蹭在了牆上，還會產生回音。

他喜歡獨自在自己裝滿書籍和實驗器材的臥房裡，五官和四肢都沉浸在化學的領域。在寒冷的冬夜，他孤獨一人，身陷實驗器材與藥品之中，狂舞的火焰將他身旁奇形怪狀的物品投射在牆上，昏黃燈光將他的影像變成貼在牆上甲

05 雷德羅的魔法

蟲似的怪獸。裝著液體的玻璃器皿不停顫抖，似乎化學家的力量足以讓它們粉身碎骨。他在完成所有工作之後，會坐在老舊靠椅裡冥思，在生銹的壁爐和燃燒的炙熱火焰的映照下喃喃自語，屋內卻一片死寂，沒有任何聲響。

面對這樣一個人，難道你不覺他好像被幽靈附體了麼？

他那寓所的荒涼偏僻與墓地無異，好像從前專門租借給學生住的陰暗老舊的宿舍。這個曾經也華麗美好過的建築物如今卻像被建築者中途遺棄的廢棄房子，被死死地捂在晦暗的天氣裡，在四周極速膨脹的城市擠壓下呼吸困難，就像深陷在陰暗角落的枯井。老舊的煙囪聳立出來，那些老樹被附近的煙霧肆意侵害，已經彎曲結瘤，卑微的雜草奮力拼搏才長出些許青綠。匆匆的腳步聲也會打擾到寂靜的街道，更不用說那些好奇眼神的探尋。這座建築的日晷儀被遺落在淩亂的磚瓦堆裡，幾百年也不會有陽光的恩賜。可能是上天的補償，這裡的積雪比哪裡都多，陰森的北方在城市的其他角落都是沉悶的，到了這裡卻變得瘋狂。

走進那個低矮的住處，老舊的房屋裡倒是有個溫暖的火爐，雖然房屋的橫樑有一個個蟲蛀的洞，但你絲毫不用懷疑它的堅固，紅木地板一直延伸到壁櫥下面。整個城鎮都壓著它，像是要把它壓進地底。

這個房子太安靜了，以至於只要遠處有聲響或者門被大聲關掉，就會把它驚得回音不斷。但房子裡可不是只有空蕩的走廊和房間會發出回音，隆隆聲與咕嚕聲四處竄動，直至深深的地窖。

02

這是一個寂靜的冬日，他待在黃昏映照下的屋子裡，狡猾的風從門縫、窗沿吹進屋子，發出刺耳的聲音，幽暗的光影沉進了深淵。天色如此昏暗，事物的影子被拖得很長且模糊不清，街上的行人步履匆匆，希望在天黑之前趕回家。

05 雷德羅的魔法

鋒利的雪片切割著行人的皮膚，家家緊閉門窗，煤氣燈在寂靜的街道上忽暗忽亮。零星的幾個行人被凍得瑟瑟發抖，旅人們承受著這裡的刺骨嚴寒，疲倦的身體被風吹得不停戰慄。

咆哮的海面上遠離避風港的船和水手劇烈搖晃，孤獨的燈塔讓整個氛圍顯得更加恐怖，水手們不禁提高警覺。爐火旁那位聚精會神的讀者因為猜測卡森到底被誰大卸八塊而顯得緊張不已，或者心想那位通常出現在阿布達商人臥房裡的兇猛女人會在這樣的夜晚突然出現在樓梯上。

微光在這個質樸鄉村的林蔭大道上隱隱消失，高大潮濕的蕨類與苔蘚，滿地的落葉，與成群的樹木形成一片無法穿透的黑網，有水的地方泛出淡淡的霧氣，黃昏的光線穿過玻璃射入古老的走廊和窗戶。

在之前我們提到過的老舊建築裡，化學家陷在大靠椅裡，注視著爐中的火，雖然他大睜著眼睛，卻沒有注意到那些跟著火光進進出出的幻影，而幻影們的喧鬧讓男子看起來更加安靜深沉。風竄進煙囪裡嗚嗚哭泣，屋外羸弱的老樹讓狂風推來推去，擾人的烏鴉不斷發出「嘎嘎」聲表示抗議。窗框「嘎吱嘎吱」地來回搖晃，破舊藤條在塔樓頂端「嘎嘎」抱怨，滴答的擺鐘聲提醒主人又過了十五分鐘，火焰隨之熄滅，已燒成焦炭的木頭伴隨著一陣「啡啡」聲塌落下來。

這時，突來的敲門聲驚醒原本呆坐的他。

「誰？進來吧！」

「先生，我心裡總有些害怕。您不知道，威廉太太今晚已經被吹倒好幾次了。」這位穿著得體、手拿托盤的男人一邊說話一邊用腳卡住大門，閃身進來的同時又小心地將門關上。

「是被風吹的？我聽到外面的風聲了，確實不小。」

「她的確是被風吹倒的，雷德羅先生，慶幸的是她已經平安到家了。」男子一邊說話一邊準備著晚餐。

「先生，威廉太太實在太柔弱了，任何時候都可能被傷著。」

「你說的沒錯。」雷德羅有禮貌地回應著。

「先生，她總是很容易被外界干擾，就在上個禮拜六，她與新過門的弟媳出去喝茶時，小心翼翼地希望不讓裙子沾上污泥，但還是事與願違；還有一次，她的一位朋友極力慫恿她參加在派克漢展覽會中舉辦的搖擺舞音樂會，回來後她的身體就腫了起來。對了，還有一次她在宴會喝完酒回家時竟然觸到了她媽媽安裝的警報器；在巴特海那回，她的小姪子查理不小心將船划進防波堤，差點讓她掉進海裡。所以啊，威廉太太覺得有必要鍛鍊一下自己，讓自己更結實。」

雷德羅以一貫的優雅態度回答：「的確。」

威廉．史威哲邊說邊仔細檢查餐桌上的每個細節，「是啊，先生。她總是這樣，我跟她說過好幾次，她和我們史威哲家族的人完全不同。哦，先生，這是您的胡椒。這就是我那八十七歲的老父親老史威哲想趕緊退休以便好好管理史威哲家族的原因。先生，給您湯匙。」

「這樣啊。」雷德羅顯然有點走神。

「是的，先生，我覺得我的父親是我們史威哲家族的神經中樞。您的麵包，先生。史威哲家族其實是很龐大的，我們經常調侃，如果史威哲家族的人手牽手站著，都可以圍英國一圈了，呵呵。刀叉和鹽在這裡，先生。」

威廉等不到主人的回應，便慢慢靠近雷德羅，用玻璃瓶弄出聲音把他從沉思中叫醒，然後又繼續剛才的話題。

「威廉太太也有同感。可是，史威哲家族沒對社會作出什麼貢獻。先生，您的奶油。我跟我太太沒有孩子，但我太太非常想要一個，沒辦法，人們的心願總是很難達成。先生，您現在想吃晚餐了麼？」

「嗯，可以準備晚餐了。」

「先生，我太太總能在十幾分鐘內把晚餐準備好。」威廉一邊說一邊把盤子加熱。雷德羅出神地望著自己在盤子裡的投影。

「先生，威廉太太總是有用不完的母愛。」

「哦，她做了什麼嗎？」

「她從不滿足於只做好本職工作，她把所有的年輕人，不論來自什麼地方的，都當成孩子對待，細心地照顧他們，您說這不是有無限母愛的表現麼？」

威廉翻轉盤子，吹了一下被盤子燙到的手指。「哦，外面的天氣這麼冷，屋子裡卻能如此暖和，真好啊。」

「是啊。」雷德羅應和著。

「沒錯，就是這麼回事。這正是我想要說的，先生。學生們都這麼認為，學生們每天都有話想對她傾訴或者想向她諮詢點什麼，而且大家都把威廉太太叫做『史威奇』，呵呵。我認為這名字聽起來很順耳，人們取名字不就是為了有個標誌麼，如果威廉太太有更突出的特點來代替她的名字，如『好脾氣』，也不錯嘛，隨便他們怎麼稱呼了。」

威廉結束了「演講」，以優雅的手勢把加熱過的盤子擺在桌子上，像在進行一場精彩的演出。這時，他剛剛讚美過的太太拿著托盤、提著燈籠走了進來，還有一位灰白頭髮的老人跟在她後面。

和威廉一樣，威廉太太也是個單純快樂的人，有著能讓人感覺愉快的紅潤臉頰。威廉先生那淡白色頭髮看起來像要把兩隻眼睛分開以便應付忙碌的工作和生活，而威廉太太的頭髮卻和威廉大不相同，她有一頭垂墜的深咖啡色卷髮，在帽子下顯得端莊整齊。威廉先生穿了一條不起眼的深灰色長褲，威廉太太則穿了一條惹眼的紅白格花裙，這裙子與她白嫩紅潤的膚色搭配得很好，裙子一層層的褶皺有序地排列下來，似乎再大的風也不能打亂它們。威廉先生穿著的外套永遠鬆鬆垮垮的，然而，他太太的小馬甲卻很貼身合適，好像士兵的鎧甲，保護她不受危險的侵害——事實上，我們也不認為她那平和的氣質會招來什麼危險。

「今晚雷德羅先生好像特別孤單，一副魂不守舍的樣子。」威廉手拿托盤對太太低語。

威廉太太輕輕地把杯盤放在桌上，一點聲響都沒有，她從容地工作著，一點都沒有驚擾到雷德羅先生。威廉和他太太相比就差太多了，一陣雜亂的聲音過後只有一份醬汁油碟擺上了餐桌。

「菲利浦（那位白髮老先生）手上拿的東西是什麼？」雷德羅在享用晚餐的時候問威廉。

「是冬青樹，先生。」梅莉用親切平和的音調回答。

「現在正是莓果成熟的季節。您的醬汁，先生。」

05 雷德羅的魔法

「耶誕節到來了，一年的時光又要結束了。在人生的長河中，我們經歷太多事，遇到太多人，所以有太多的回憶在我們腦海中沉澱下來，又在不經意的時候閃現。這些記憶讓我們快樂也可能讓我們痛苦，它們在腦海中盤旋著，直到死亡降臨，一切皆歸於平靜。菲利浦，這就是我們的人生啊！」雷德羅的音調有些上揚，顯得心情十分激動。

老者手上抱著葉子油亮的植物，威廉太太在他們聊天的時候順勢剪下了一些小樹枝用來裝飾房間，給耶誕節那天增加一些點綴，因為這個節日對威廉太太那上了年紀的公公來說非常重要。

「雷德羅先生，進門時我就應該給您節日的問候，但是我瞭解您低調的性格，所以到現在才說。希望您能在聖誕和新年這兩個美好的節日中感受到快樂，我也希望自己能歡度聖誕！我已經八十七歲了，還能享受到耶誕節和新年帶來的快樂，實在是慶幸啊。」

「老人家一定有過很多節日的愉快經歷吧？」雷德羅詢問老菲利浦。

「沒錯，節日的美好回憶太多啦。」老人回答。

「你父親的記憶力還好麼？據說人上了年紀，記憶力就會衰退。」雷德羅轉頭低聲詢問威廉。

「也不全是啊！」威廉回應，「我可以這樣跟您說，沒有人的記憶力能比得上我的父親，他真的是個奇人啊。我常常對我太太說，我的老父親簡直是個傳奇人物，真的，先生。」

老史威哲撫弄著手中的冬青小樹枝一邊聽兒子向雷德羅講述自己，一邊優雅地點頭默認。

「這些小冬青樹總能讓我們想起過去的時光，有時對著它也會暢想一下未來，」雷德羅拍了拍老人的肩膀，看著老人說，「您說呢？」

「您說得對，它也讓我想起了許許多多的往事。」老史威哲似乎沉浸在自己的世界中，喃喃地說，「畢竟我已經在人間走過八十七個年頭了。」

「那您覺得自己幸福嗎，是真的感覺到幸福嗎？」化學家音調低沉地問老人。

「我的生活雖不能說完美，但也無愧於幸福二字。我還記得小時候的一次

05 雷德羅的魔法

耶誕節，那天非常冷，但我執意要去屋外玩耍。當時我和母親就像我們現在這個遠近站著，我不知道為什麼母親本應喜悅的臉那麼蒼白，其實母親那時已經病了，沒多久她就去世了。鳥兒愛吃莓果這也是母親告訴我的，那時我還是個小孩子，是母親的心肝寶貝，天真地以為鳥兒就是吃了鮮亮的莓果才長了一雙水靈靈的眼睛。我現在雖然八十七歲了，但對這件事仍然記憶猶新。」老史威哲看著雷德羅，自信地說。

雷德羅黑色的眼睛緊緊盯著老人，滿眼憐憫地說：「還記得那些讓您特別高興的耶誕節嗎？」

「記得，當然記得。我學生時代的耶誕節是最讓我難忘的，尤其是節日將近時的那種喜悅感。那時候的我還是個年輕力壯的小夥子，這附近鎮子裡舉辦的足球比賽我未逢敵手呢，不信問我的兒子，他知道我有多厲害。是不是，威廉？」

「是啊，我父親可是史威哲家族中的佼佼者！」威廉態度恭敬地回答父親。

老史威哲看著冬青樹，搖頭說：「以前，我和威廉的母親每年都要在莓果成熟的季節帶著孩子們好好聚一聚，那時候孩子們還小，一張張小臉比莓果還可愛動人。再看看現在，孩子們大都不在我身邊了，我的太太也已經過世，最讓我感到驕傲的大兒子喬治還誤入歧途，以前的喬治可是比其他孩子都令我驕傲啊。但我仍然要感謝上帝，他們都還健康地活著，在我眼中，喬治至少還是善良的，這對於我這個八十七歲的老頭子來說已經算是幸運的了。」他臉上的表情慢慢歸於平靜。

「有一段時間，我的境況非常糟糕，人們對我的態度也有所改變，那時候我首先想到的就是回到這裡當管理員，那是五十多年前的事了，我的兒子，那可是超過半個世紀以前的事嘍。」

「是啊！」

「我們多麼幸運能認識那位原創始者。我們用他給我們留下的錢買了耶誕節的裝飾品，節日的愉悅氣氛讓整個家溫暖起來。他的那幅老畫一直掛在那裡，我們非常喜歡，就在這幅畫前，我們十個人聚在一起募集每年一度的津貼，

05 雷德羅的魔法

那也是我們享用美味晚餐的地方。畫裡的紳士和藹安靜，一把山羊鬍又尖又翹，圍著毛皮圍巾；圖畫的下部分畫了一幅古書畫卷軸，上面寫著古老的英文字母：『萬能的主，請賜予我栩栩如生的記憶！』雷德羅先生，您認識這幅畫吧？」

「是的，我對那幅畫好像很熟悉。」

「我清楚地記得，它被放在嵌板上面，是左數的第二幅畫，我真的很感謝上帝讓我的記憶栩栩如生。每年的耶誕節我都會把整棟建築巡視一遍，這裡的房間因為有了樹枝和莓果的裝扮而顯得輕鬆活潑，這樣的氛圍讓我的頭腦都跟著聰明起來。就這樣年復一年，彷彿每年我都隨著主新生，生命中一切的美好或哀痛都讓我更加熱愛我的生命。我已經度過八十七個春夏秋冬了，這一切實在是難以用語言來形容。」

「人生苦短啊！」雷德羅暗自低語。

這時，房間突然變得異常幽暗。

「正如先生看到的！」菲利浦那因為疾病而蒼白的臉頰頓時泛起紅暈，一雙藍眼睛閃現出明亮的光彩。他說：「在這個季節，因為有了耶誕節這個節日，我擁有了數不清的美好回憶。哎呀，我這話匣子一打開就關不上了。我這一輩子都是這樣，一說話就喋喋不休，真是個壞毛病啊。要不是凜冽寒冷的天氣把我們凍僵，大風把我們吹散，或者黑暗將我們掩埋，恐怕我還會說更多的話。」

說完這些，他放下了說話時緊握的手臂，面色平和。

「先生，都是我打開話匣子就停不下來，耽誤了您用餐。希望您有一個愉快的夜晚，也希望您能把握光陰，快樂生活。」老史威哲說。

「再在這留一會兒吧，」雷德羅說話的時候走回桌子旁邊。顯然，在雷德羅看來，和這個老管家聊天要比吃飯重要得多。「菲利浦，你再陪我說一會兒話吧。對了，威廉，你不是要跟我講你太太梅莉做的了不起的事情嗎？梅莉是不會反對你談論她光榮的事的，快說說。」

「先生，我非常願意。」威廉恭敬地回答，眼神卻看向太太，一副很難為情的樣子，「可是，先生，我太太正看著我呢。」

「你不會是害怕威廉太太的眼神吧？」

05 雷德羅的魔法

「啊？我當然不會害怕，」威廉說，「因為我知道沒什麼好怕的，她的眼神總是那麼溫柔，怎麼會有不好的企圖呢。我可不會怕她。梅莉，你到樓下來吧。」站在桌子後面收拾餐具的威廉顯得有些慌亂，眼睛看向威廉太太，並且向她投去勸誘的眼神，好像在努力吸引她往某處看。威廉一副很神祕的樣子，悄悄地向雷德羅的方向抬抬下巴，又用手指了指他。

「親愛的，這沒什麼的，」威廉說，「到樓下來吧，親愛的！我得讓他們知道，我們倆比較起來，你完美得就好像莎士比亞劇。就當是為了那個可憐的學生，快到樓下來吧。」

「什麼學生？」雷德羅抬起頭來，看著威廉疑惑地問。

「哦，先生，」威廉用帶著哭腔的音調說，「如果不是因為那個可憐的學生，威廉太太是什麼都不會說的。我親愛的梅莉，快到樓下來吧！」

「威廉先生沒跟我商量就說出來了，知道他會說這件事的話，我也就不來了。是我要求他不要說的，先生！那個年輕的男學生病得非常重，恐怕今年的耶誕節和新年都沒有辦法回家過了。那個學生就住在耶路撒冷大樓最普通的屋子裡，沒有誰知道他住的地方，我也只知道這些。」威廉太太溫和平靜的語調讓人感到她的話沒有任何值得懷疑的地方。

「我怎麼從來沒聽說過這個人呢？為什麼沒有人告訴我關於他的事？哎！真是個可憐人啊！請把我的外套和帽子拿來，告訴我那個學生的詳細地址，門牌號是多少？」雷德羅立刻抬起頭詢問。

「先生，您不能去啊！」梅莉走到雷德羅面前，用溫和的眼神看著他，表情平靜，兩隻手搭在一起。

「為什麼不能去？」

「先生，您不能去，您還是不要想著去那裡了。」梅莉極力勸阻道。

「什麼意思，為什麼不可以去？」

「那個年輕的男學生是不願意將自己的情況講給外人聽的，但威廉太太是個例外，她已經贏得了學生們的信任。畢竟威廉太太是個人人都喜歡的傾訴對象，每個人都願意跟她聊心事，同性朋友很難從這個學生口中打聽到什麼。再說，他曾跟我說過，您不可能對他有什麼印象。他雖然是您的學生，卻從沒想

05 雷德羅的魔法

過要尋求您的幫助。」

「那個學生為什麼要這麼說呢？」

「其實，我也不太清楚。您也知道，我沒什麼頭腦，我只是想給他一些幫助，讓他的生活好過一些，讓事情順利一些。我瞭解他有多麼可憐、多麼孤獨，又常常被冷落，人生的不幸都在他身上得到了印證！」

房間裡的昏暗肆虐開來，那藏在雷德羅椅子背後的陰影及昏暗更加濃烈。

「你對他還有其他的瞭解嗎？」雷德羅問道。

「他以前過得還不錯的時候訂過婚，」威廉太太說，「現在他在努力學習，想讓自己有謀生的能力。很久以前，我總能看到他認真讀書，可是現在他經常否定自己，心情很陰鬱。」

「氣溫降低了！」老史威哲搓著雙手說道。

「房間裡的氣氛怎麼這麼低沉呢，我的兒子威廉在哪？威廉，把燈打開，生上火吧！」這時，房間的陰暗更加濃重，溫度也隨之降低，躲在椅子背後的陰影愈來愈沉重。

「先生，梅莉是在一個非常寒冷的晚上回家時發現這個男學生的，當時他像只小動物一樣蜷縮在門階上瑟瑟發抖，梅莉還後悔沒有提前兩個小時回來看到他呢。您知道威廉太太是怎麼做的嗎？她把這個學生領回家，讓他洗了個熱水澡，給他拿了吃的，還在耶誕節早晨送給他一些衣服和食物。」威廉仔細想了一下，又說，「只要他不是自己跑掉，就能待在這裡。」

雷德羅大聲地說：「菲利浦老先生，您很快樂，威廉，你也覺得自己快樂！我得想想我該怎麼做，我得見見這個學生，保證不會耽誤你的時間，晚安。」

他們在離開屋子關上那扇厚重的門時想儘量不弄出聲音，可是大門依舊發出了隆隆聲，過了好久聲音才停止。在那扇門關閉時，房間變得更加幽暗了。

雷德羅在椅子上陷入沉思，此時那棵本來生命旺盛的冬青樹已枯萎了，樹葉散落一地，樹枝也都枯死了。

在雷德羅背後，晦暗的陰影愈來愈沉重，它們不懷好意地聚在一起，陰鬱恐怖。這個過程就像是幻覺，人類的感官根本感覺不到到底顯現的是什麼東西，他看到的只是自己眼前這個可怕的投影，這個有著鉛灰色的陰沉臉龐與雙手的鬼影，蒼白的臉，冷酷詭亮的眼，白色的頭髮搭配暗淡的衣著。

鬼影毫無預兆地悄然出現，臉上掛著足以嚇死人的表情。當雷德羅把手臂搭在椅子扶手上，在壁爐的火焰前沉思時，那個鬼影也跟他一起靠在椅背上，慢慢地靠近他。一張駭人的鬼臉隨著男子的眼神窺探什麼，恐怖的鬼影竟與男子臉上的表情如出一轍。

這個來來去去的鬼影就是被鬼附身的男子的同伴啊！

顯然，這時候男人對鬼影的關注遠遠不及鬼影對男人的關注。耶誕節的愉悅歌聲傳來，他像是在思考，又像是在聽著音樂，那個鬼影也跟著男人聽著這音樂。

最後，男人開口說話了，但他仍然沒有抬起頭。

「又來了。」男人說。

「又來了。」鬼影說。

「我看見火焰裡有你的身影，音樂中聽到你的聲音，風中能看見你，在這死寂的黑夜裡你也不停地在我腦海縈繞。」被鬼附身的男人說。

鬼影贊同地點了點頭。

「你今天又來幹什麼？專門來惹我的嗎？」男子問。

「是你召喚我來的。」鬼影回答。

「沒有！我沒有召喚你，在這裡你根本不受歡迎！」男子大叫。

鬼影說：「那又能怎麼樣，我現在就在這裡。」

到現在為止，如果椅子背後那個恐怖的面部輪廓還可以說成是臉的話，那麼在壁爐的火焰裡顯現的就是兩張臉。男子與鬼影同時向爐火望去，只不過他們彼此躲避著對方的眼神。可突然間，被鬼附身的男子轉過臉死死地盯住鬼影，鬼影也瞬間穿過椅子，移動到男子面前，以同樣的眼神盯著男子。

還帶著活人氣息的男子與自己恐怖的死亡影像彼此凝視著。

在冬季幽暗寒冷的夜裡，一棟偏僻的老舊建築物裡的一位男子被可怕的鬼影凝視著。狂風在屋外呼嘯，它們好像要急急地趕向一個神祕的目的地，它們來自何方，去向哪裡，從上帝創世至今，沒有一個人知道謎底。天上數百萬顆星在難以想像的遠古世界裡閃耀著光亮，在那個世界，無論多麼龐大的身軀都

05 雷德羅的魔法

像細沙一樣渺小，已存在了幾億年的宇宙卻依然處在嬰兒期。

「看著我！」鬼影說，「我和他就像一個人，我們的童年都那麼悲慘可憐，我們面對的只有人們的冷酷，幹不完的活兒，受苦一生，這種痛苦直到我在坍塌的礦坑中悟透人生才結束。沒有任何人提供幫助，我靠著自己筋疲力盡的雙腳從礦坑中蹣跚地走出去。」

「這也是我的童年啊。」雷德羅回答。

「沒有哪個媽媽會說自己不愛孩子，」鬼影停頓了一會兒繼續說，「可是父母的關愛從來不屬於我。在我小的時候，有一次跑到父親的家裡，卻覺得自己像個陌生人一樣；在我母親眼中，我和她根本沒什麼感情。他們給我的關心和責任晚來早去，還美其名曰『給下一代充分的自由』，其實就是放任不管。如果他們對我有一點關心，那只能說是老天造化；如果他們放任不管，世界給我的也只能是些許同情。」

「不全是這樣！」雷德羅用低啞的嗓音反駁道。

「別急，我還沒說完呢，」鬼影接著說，「我還有一個妹妹。」

「曾經，我也有個妹妹。她是那麼年輕、可愛又善良！那時我把她帶到那個貧瘠、殘破的家中，屋子都變得溫暖起來，她就像一盞引路明燈，指引著我前進。」被鬼魂附身的男子將頭靠在手上喃喃說著。這時，面帶邪惡笑容的鬼影慢慢靠近椅子，從容地將手搭在椅背上，下巴貼著手背，用搜尋的眼神看著男子的臉龐，眼中閃現著激動的光芒。

「我看見火焰裡有她的身影，音樂中有她的聲音，在風中能看見她，在這死寂的黑夜裡會想到她。」被鬼附身的男人低聲說著。

「他愛過她嗎？她那破碎的心很少愛誰。」

「夠了，別說了……我要忘了這件事！我要把那段記憶鎖起來！」雷德羅憤怒地揮著拳。

鬼影冷冷地說：「就像她一樣，不知什麼時候溜進了一個夢裡。」

「那個夢也溜進了我的人生啊。」雷德羅說。

「我的心中也燃起了同她一樣的愛，這對我拙劣的性格來說實在是值得珍惜的。我很自卑，不知道該以什麼樣的方式將她留在我的生命裡。我真的很愛她，現在的我依然如此。然而，我一生都在不停地奮鬥，只差那麼一點點，我就可以觸到美好，那是段多麼艱難的歷程啊！在我生命的最後一段，我可愛的妹妹一直陪在我身邊，直到我的生命只剩灰燼。」

鬼影繼續說：「我知道自己給不了她美好的生活，我甚至可以想像我的妹妹過著困苦日子的樣子，就像我朋友的妻子那樣，可是我的朋友有家產可以繼承，我什麼都沒有。但我依然想像著那幸福的生活，還有光明的前程，享受著和孩子們在一起的天倫之樂，我們都像生活在伊甸園之中。」

「想像真是個迷惑人的東西，我怎麼控制不住自己回想這些事情呢？」著魔的雷德羅說。

「這些回憶都是過眼雲煙！」那個鬼影用毫無抑揚頓挫的音調回應雷德羅，空洞的眼神依舊死死盯著他，「面對與我相敬如賓的妻子，我找不到能讓自己自信的源泉，她潛移默化地影響著我對人生的態度，最後卻投入別的男人的懷抱，她將我的世界無情撕碎。當我可愛善良的妹妹看到我一無所有，生命的活力消耗殆盡，過往的欲望也得到報償，然後……」

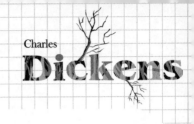

「她死了，很安詳地去世了，非常平靜，但依舊有一絲牽掛——她的哥哥。」雷德羅插話。

「這些過往就像昨天發生的一樣！這麼多年過去了，可往事依然那麼清晰。沒有什麼感情能比孩子氣的兄妹之情更加純淨美好，那是種難以磨滅的感情，讓我有無盡的不捨，就像哥哥對待弟弟或是父親對待兒子一樣疼愛。有的時候我也會無端猜想，如果她有了愛人，還會像這樣對我嗎？但現在這些都不重要了！當一個人被摯愛的人背叛傷害後，那種傷口就算歷經歲月也無法復原，那種不幸福的滋味和無法平復的失落感是無法言說的痛。所以，我心中的悲傷和懊悔不斷折磨著自己。對我來說，回憶往事就是詛咒，假如可以讓我忘卻往事，那我會毫不猶豫地這麼做。」

「你這個愛嘲弄別人的鬼魂！」雷德羅惱怒地跳了起來，用盡力氣攻擊另一個自己，「為何我總會聽見別人在耳邊辱罵我！」

「你需要冷靜！把手伸給我，然後接受死亡吧！」鬼影發出恐怖的叫聲。

雷德羅沉默下來，眼睛死死地盯著鬼影，似乎鬼影的話觸動了他。鬼影似乎看透了他的心思，慢慢地從他身上退了出來，他高舉雙手，可怕的臉上飄過一縷勝利者的輕蔑微笑。

「如果有一種方法可以讓我忘掉那些可悲的回憶，我會毫不猶豫地去做！」鬼影不斷重複這句話……

「我有著邪惡的靈魂，縈繞在耳邊的謾罵聲讓我的心情很煩悶。」被鬼附身的雷德羅用發抖的低沉聲音回答。

「那是你自己的心聲。」鬼影說。

「假如那是我自己的心聲，那我怎麼會這麼苦惱。所有的人，無論男女，都有讓他們或悲傷或悔恨的過去，也許他們曾經忘恩負義，也許他們對別人有過陰暗的妒忌，或者他們與別人有過利益衝突……這些個充滿苦悶的人生，卻怎麼都找不到忘記悲傷和悔恨的出口。」

「如果人們能做到的話，就不會有這麼多的悲苦人生了。」鬼影說。

「在他們那些過往的激情歲月裡，到底沉澱著怎樣的回憶啊！是不是每顆心都有輕易感受不到的悲傷和悔恨？今天晚上老史威哲回憶起的又都是些什麼呢？真是讓人頭疼啊！」

「一般人終究是庸碌的！只有教養極好或擁有大智慧的人才會感受到這些悲傷，庸碌無知的靈魂是無法感受到的。」鬼影那分不清五官的臉龐閃現出一抹笑意。

「你是邪惡的引誘者！我對你毫無生氣的神情和聲音感到無比害怕，每當我說話，你那幽暗的恐怖影像就帶著恐懼鑽到我的心裡，於是內心深處的叫喊再次響起。」雷德羅痛苦地說。

「承認現實吧，你那樣的感覺足可以證明我擁有無窮的力量。讓我施捨給你忘卻的力量，忘掉那些悲傷、悔恨和煩惱吧！」

鬼影繼續說：「忘掉吧！我的力量可以讓你與過往記憶的糾葛一筆勾銷，剩下的就只是些模糊淩亂的痕跡了，最後連痕跡都會消失。這不就是你想要的嗎？」

「別走！我的內心滿是擔心和害怕，你永遠無法知道，你帶給我的絕望感在我心中是多麼沉重的恐懼，這種恐懼甚至無法用言語形容。我留戀自己過去

05 雷德羅的魔法

的美好回憶，也不想變成一個對周遭世界毫無感情的活死人。如果我接受你的施捨，我會失去些什麼？哪些東西將從我的生命中流逝？」雷德羅哭喊著，雙眼瞪著鬼影高舉雙手的可怕姿勢。

「這可是可遇而不可求的好事，那些回憶都會消失。」

「很多回憶嗎？」雷德羅警覺地詢問。

「就是那些隨時出現在火焰中、音樂中、風中或死寂的黑夜裡的痛苦回憶。」鬼影傲慢地說。

「什麼記憶都不會留下？」雷德羅問。

鬼影站在他的面前好一陣子，原地不動，沉默不語，然後轉身走向火焰的方向，又突然止步。「在我改變主意之前，你最好果斷做決定。」鬼影說。

「改變命運的機會稍縱即逝啊！」雷德羅激動地說，「如果我的靈魂已經中毒，而且我能夠利用恐怖的幻影去除被毒害的心靈，我可以這麼做嗎？」

「你的意思是，你同意了？」鬼影問。

「那需要一些時間，」雷德羅倉促地回答，「如果我能夠選擇，那我願意忘掉一切。在這個世界上，是只有我這麼想，還是任何時代的人都會這麼想？所有人的回憶都伴隨著或多或少的悲傷和煩擾，在這一點上，我與其他人沒有什麼不同，只不過他們不能像我這樣有所選擇。沒錯，我接受這場交易。」

「你確定要讓自己的回憶消失？」鬼影重複。

「是的，我決定了。」

「忘卻是一種恩賜！接受這個恩賜吧，從今天起我再也不會出現在你面前，我賜予你的能力你可轉贈他人，順從自己的心思，做你想做的吧！當你放棄原我而無法恢復時，只有通過接近別人，才能消耗這種力量。如果人們能將這些記憶刪除，快樂就會多些。不用猶豫，去吧！讓自己變成施惠者吧！從煩惱中掙脫出來！」鬼影高舉毫無血色的雙手激動地說著，像是在進行邪惡的祈願或念著黑暗的咒語，冷酷的雙眼不斷貼近男子，臉上可怕的笑容清晰地印在男子的眼眸中，眼神也顯得很冷淡。

雷德羅像是被釘在那裡，一動不動，恐懼與疑惑充斥心中，總有幽幽的回音在他耳邊回蕩：「摧毀那些接近你的東西吧！」這個聲音漸漸消散了，之後

05 雷德羅的魔法

一陣刺耳的哭喊聲突然在他的耳邊響起，這哭聲不像是從走廊傳來的，而像是來自另一棟大樓的聲音，就像是黑夜中迷途之人的悲泣。

雷德羅低下頭用困惑的雙眼檢視自己的雙手，像是從沒見過這個身體一樣。突然，他狂叫一聲，臉上顯現出因陌生而恐懼的表情，好像一個迷失的旅人。

剛才的哭聲不斷傳來，愈來愈近。雷德羅舉著油燈，把牆上的厚重窗簾卷了上去，「嗨！嗨！往這個有亮光的方向走！」他一手高舉油燈，一手拉著窗簾，試圖看盡整個房間的陰影。這時，一個暗影迅速閃過，然後蜷縮在房間角落，像是一隻野貓。

「什麼東西？」好像是個野貓一樣的小孩子，顫抖地躲在角落。他手裡拿著一大捆破布條，姿勢看起來貪婪可怕，彷彿是個邪惡的老人；他的面龐很平滑，明亮的雙眼和瘦削的臉頰卻給人蒼老的印象，露在外面的細嫩雙腳沾滿血漬和泥土。說他是孩子倒不如說他是渴望變成人類的小動物，因為他的表情和動作就像野獸害怕遭到獵人捕殺一般。

「你敢打我，我就咬你。」小男孩說。

在幾分鐘之後，化學家依然因為這個景象感到不快，因為這個畫面使他不自主地努力回想著什麼，卻什麼也想不起來。他詢問小男孩到這裡的時間和原因。

「我要找一個女的，她在哪裡？」男孩回答。

「你在說誰？」雷德羅問他。

「我要找那個女的，是她帶我來這裡的，還給我生著爐火。她出去好久了，我想找她，但是迷路了，我要找那個女的，不找你。」他突然跳起來，卻沒有發出多大聲響。小男孩光腳踩在地上，雷德羅握住布條將男孩拽了回來。

「求你了！就讓我走吧！」小傢伙喃喃地哀求著，不斷地扭動身體，「我又沒對你做什麼壞事，你就讓我走吧，我要去找那個女的。」

「不能從這裡走，我帶你走一條更近的路。」雷德羅試圖從他嘴裡套出什麼，因為他覺得這個小傢伙一定與某些事情有聯繫。「你叫什麼名字？」雷德羅又問。

05 雷德羅的魔法

「我沒有名字。」

「你生活在哪？」

「生活？什麼是生活？」小傢伙甩開眼前的頭髮，盯著雷德羅看了好一陣子，用他的小腳亂踢，試圖掙脫雷德羅的束縛，然後又大叫，「你放開我，我要找那個女的。」

雷德羅把他帶到門口，說：「往這邊走，我帶你去找她。」化學家疑惑地看著小男孩，冷漠的神情中充滿厭惡、反感的情緒。

「給我點吃的吧。」

「她沒給你東西吃嗎？」

「上頓吃過，可是過一會兒還會餓啊！」當他發覺雷德羅已經放鬆的時候，迅速蹦到餐桌上，像小動物一樣，把麵包、肉和自己的那些破布條一起緊緊地抱住。

「喂！快帶我找那個女人。」

「我賜予你的能力，你可轉贈他人，順從自己的心思，做你想做的吧！」

鬼影隨著冷風不停地敲打著他。

「我今晚哪兒也不想去，小東西！你順著這個長廊一直走，經過一道黑暗的大門到達院子後，就能看到有亮光從窗戶照出來。」

「是那個女人的房間嗎？」男孩跳著出去了。在他走後，雷德羅帶著燈籠回來，急忙將門鎖上，他把自己扔在椅子上，受了驚嚇似的蒙著臉。

現在的他真的是一人獨處，寂寞又孤單。

03

矮個子的男人坐在臥室裡，這間臥室與小商店之間只有一塊小隔板，牆上貼著許多小張的剪報。臥室裡有許多小孩與他做伴，他們會用不同的肢體動作

05 雷德羅的魔法

給你留下深刻印象。男人用哄嚇的方法已經哄睡了兩個小孩，他們睡在溫暖的床上，做著香甜的夢，但是這群「小魔頭」大部分時間都處在亢奮的狀態中，把家裡弄得亂七八糟。

一個由生蠔堆疊而成的食物塔被放置在角落裡，有兩個孩子立即跑過來享用這些美食，在這個如同堡壘的房間裡，他們不停地打鬥，就像皮克特人與史考特人圍攻英國人的城堡一般，進攻結束後再回到自己管轄的領土上。

除了扮演戰爭中的侵略者與頑強的反擊者外，他們還不停地向床單發起衝擊，因為扮演侵略者的小孩們就躲在那裡避難。在另一張小床上，一個男孩將短靴和其他小東西丟進水裡，這些東西都成了飛彈，滿屋亂飛。淘氣的孩子們把父親的睡眠攪得一塌糊塗，就算這樣，父親還是不停地誇讚著這些小孩子，他們也著實很可愛。

一位年紀稍大的小孩子約翰尼．泰特比正背著一個嬰兒踉蹌地滿屋走，膝蓋上承受的巨大壓力讓他的身體不時傾向一邊，他想用講故事的方式把小寶寶哄睡，可小寶寶的性格很活潑，每次安靜的時間都超不過五分鐘，想把她哄睡可不是件容易的事。

約翰尼是這個區人人皆知的「小保姆」，從星期一早上到星期六晚上，在兄弟玩鬧的時候，他的懷裡始終抱著小寶寶。小寶寶讓約翰尼非常疲倦，不管他把寶寶帶去哪裡，她都難以安靜。可是當約翰尼想要外出時，這累人的寶寶就會睡著，約翰尼也就沒法外出了，當約翰尼想要待在家裡時，寶寶又會醒來，他就不得不帶她出去玩玩。大家都誇讚約翰尼，可他沒有一個夥伴，他習慣從鬆垮垮的帽子下面看著外面的世界，還帶著一副溫馴滿足的表情。他走路時一搖一擺，好像拿著大包裹的搬運工人。

顯然，父親在孩子的喧鬧聲中無法閱讀報紙。剛才說的那個泰特比的父親就是這間「泰特比公司」的老闆，其實，所謂的公司只是個不景氣的小商店而已。泰特比公司位於耶路撒冷大樓的轉角，它的櫥窗上展示著許多報紙和照片，公司倉庫裡還放著沒賣出去的手杖與大理石雕刻品。這間商店還當過蛋糕烘焙坊，但這種優雅精緻的氣氛在耶路撒冷大樓並不受歡迎。

泰特比公司曾經嘗試過很多行業，例如在衝動之下投資小量金額於玩具事業，現在在櫥窗裡你還能見到一堆精緻的石蠟娃娃被雜亂地堆放在一起，有些娃娃的腳搭在別的娃娃的臉上，有些娃娃的手臂和腿已經脫落。泰特比公司還做過女帽生意，一些金屬線製成的單色無邊呢帽還躺在櫥窗的角落裡。泰特比公司曾經也幻想自己能在菸草事業中得到發展，還試圖在美洲任原住民為代表駐紮在菸草種植區，可惜的是，菸草生意也沒有為它帶來任何轉機。

幾年時間過去了，泰特比公司帶著絕望的心態將資金投入裝飾品生意裡，現在櫥窗長格的玻璃裡還有一張蓋了廉價圖章的卡片，幾個鉛筆盒，還有些其他東西，標著「九便士硬幣」的價簽。雖然泰特比公司做過這麼多生意，耶路撒冷大樓卻從沒對泰特比公司有什麼支持，泰特比公司也試過到別的地方經營，但總是事與願違。因此現在能剩下「公司」這個頭銜已經是最好的情況了，畢竟那也算是一個無形的產業，不受瑣碎生活的影響，也用不著繳亂七八糟的費用，甚至無須承擔養家的責任。

泰特比坐在臥室裡思考一件家庭瑣事，越想越混亂，於是他開始閱讀報紙。後來，他將報紙放下，在起居室裡來來回回地走動，顯得焦躁不安，像只迷失方向的信鴿。他竟然責備起家裡最乖的那個成員——約翰尼。

「你這個壞孩子！你爸爸在寒冷的冬天幹著累得要死的活掙錢養家，你就不感到心疼嗎？我可是從早上五點之後就開始工作啊，難得的一點休息時間你們也要攪亂嗎？你哥哥阿達夫在充滿寒冷霧氣的天氣裡辛勤工作，而你卻能夠跟其他孩子舒舒服服地生活，你一定要讓家裡變得亂七八糟，讓我和你媽媽變得像瘋子一樣嗎？」泰特比在每一句問話後都會假裝打他一耳光，但是想想狀況也沒那麼糟糕，揮起的手也就落不下去了。

「爸爸，我也做了不少事啊，照顧莎莉，哄她睡覺不也算幫了忙嗎，爸爸？」約翰尼小聲地哭著說。

約翰尼傷心的樣子讓泰特比的態度逐漸改變，聲音也越來越柔和，最後他抱了抱約翰尼，又去擁抱別的小孩，這樣的溝通方式顯然是有效的。過了一會兒，泰特比與孩子們一起大玩越野遊戲，在擺滿椅子的複雜地形中追捕孩子們，被逮到的孩子就要接受懲罰，就是早早睡覺。這個辦法對這些淘氣的孩子有著神奇的功效，不一會兒就有兩個孩子被哄睡了。

「約翰尼，你哥哥阿達夫今天回家晚了，他要是再晚點到家，就會被凍成冰塊的。也不知道你媽媽去了哪裡？」泰特比一邊說，一邊撥弄爐裡的火堆。

「爸爸，媽媽和哥哥歸來了！」約翰尼大喊。

「嗯！是我那可愛小女人的腳步聲。」泰特比一邊回答，一邊豎起耳朵仔細聽。

泰特比一直認為他的妻子是個小女人，至於原因，別人誰也不知道。人人都知道泰特比太太強壯的個頭與強悍的個性，但是泰特比認為那是最優美的身材。泰特比夫婦不喜歡嬌小的體格，可惜他們的七個兒子長得都不高大，但泰特比太太一直認為莎莉是個例外。至於真假，約翰尼是最有發言權的，因為他每天都抱著這個小妹妹，每一小時都受她體重的折磨。

泰特比太太提了一個籃子從市場回來，摘下帽子和圍巾，疲倦地癱坐在椅子上，她讓約翰尼把可愛的妹妹抱過去讓她親親。約翰尼順從地完成任務後坐回凳子上休息。阿達夫．泰特比花了很長時間才摘下長長的七彩毛織圍巾。阿達夫也學母親要求約翰尼做同樣的事，約翰尼又順從地完成任務，然後回到小凳子上休息。這時候，泰特比也有了興致，用父親的威嚴要求約翰尼做同樣的事。這三個人可把約翰尼累壞了，他差一點坐不回凳子上。

「阿達夫，我的好兒子，你全身都濕透了吧？快到我的椅子上坐下，擦擦吧。」泰特比緊張地詢問。

「不用，爸爸，沒怎麼濕。是不是我的臉很油亮？」阿達夫用手理了理衣服。

「嗯，像上了一層蠟似的。」泰特比回答。

「都是這該死的天氣害的，讓我的臉上長了很多疹子，真難受。」阿達夫用已經磨損的夾克袖邊擦了擦臉頰。

阿達夫為報社工作，那個報社倒是比他父親的公司興旺許多，他屬於一般小職員，負責在火車站販售報紙。他矮小肥胖的身材在火車站不停地穿梭，像是丘比特天使，只不過衣服要糟糕許多，阿達夫還是個未滿十歲的孩子，但尖銳的叫賣聲聞名整個火車站，不亞於火車汽笛的聲音。

阿達夫孩童的特質也許對做生意來說是一種缺點，特別是在交通單位的工

05 雷德羅的魔法

作環境中，但他總能找到寓工作於娛樂的方法，在不影響工作的前提下，他會把漫長的一天劃分開來，當成不同的玩耍時間。他自己發明的遊戲設計得非常巧妙，簡單又有趣。

在一天中不同的時間段，他會不停地變化「報紙」這兩個字的發音方式。冬日黎明之前，人們總能聽到阿達夫大聲叫賣「早……報……」；快到中午時，他又把音調改成「召……報……」；到了下午，他又會變成「朝……報……」；再過一會兒，他喊的又變成「早……寶……」；下午時，他的叫賣聲跟著夕陽變成「晚……報……」，這樣的遊戲讓阿達夫心情愉悅。

泰特比太太坐在椅子上，帽子與圍巾擱在身後，若有所思地轉動手上的結婚戒指，然後起身去換晚餐的衣服。

「喔，親愛的！這就是生活啊。」泰特比太太說。

「我親愛的老婆啊！你想說什麼？」泰特比朝四處望瞭望。

「也沒什麼。」泰特比太太敷衍地回答。

泰特比挑挑眉毛，把報紙翻頁折疊，他的眼睛在報紙上來回搜索，這瞧瞧那看看的，卻不仔細閱讀。

泰特比太太還在準備晚餐，不過今晚她不大一樣，動作粗魯極了，像是在懲罰桌子，刀叉也被她弄得噹噹作響，麵包也成了發洩物被她重重地摔在桌子上。

「這就是生活啊。」泰特比太太重複著說。

「親愛的，你在說什麼啊？」泰特比先生疑惑不解。

「沒什麼。」泰特比太太還是不肯說。

「蘇菲亞！你剛才就是這麼敷衍我的。」泰特比有點不高興。

「本來就沒什麼，你問一百遍我也是這麼說。」泰特比太太倔強地回答。

泰特比望向他最愛的妻子，雖然驚訝但仍然語氣溫和地詢問：「你今天怎麼了，為什麼拒人於千里之外？」

「我真不知該怎麼回答你，別再問我了，好不好？」泰特比太太無奈地說。

泰特比放下報紙在房間裡來回踱步，他溫和的步伐倒是跟他對妻子溫和的態度很搭調。

泰特比太太依舊在準備晚餐，但是從幹活的態度上就可以感受到她平靜態度下隱藏的敵意。她從大籃子裡拿出一個油紙包，裡面是黏稠的豌豆布丁和一個裝有醬汁的盒子。醬汁的蓋子一掀開，就有陣陣香味飄散出來，引得睡覺的孩子也醒來了，他們的眼睛一直盯著餐桌上的美食。

泰特比假裝沒看到妻子用餐的暗示，慢慢地起身，對著兩位稍大點的兒子嚷起來：「阿達夫，再有一分鐘你的晚餐就好了。這是你們的母親冒著風雨到商店裡買回來的，真是對你們太好了。約翰尼，你趕快過來吃飯，你對寶貝妹妹這麼體貼，你媽媽很開心。」

聽到這些話以後，泰特比太太心中五味雜陳，用手臂圍著她丈夫的脖子哭著說：「喔！泰特比，我怎麼能冒出一走了之的想法。」

泰特比太太突然的溫柔讓她的丈夫和孩子都吃了一驚，像連鎖反應一樣，大家都哭了起來，在床上的小泰特比們頓時安靜下來，好像打了敗仗一樣驚慌，他們悄悄地從隔壁房間溜進餐廳，想探究一下到底發生了什麼事。

「泰特比，我比這些孩子還幼稚無知。」泰特比太太一邊啜泣一邊說。

似乎泰特比不願聽這些話，過了一會兒才說：「親愛的，你不要這樣說。」

「我真的還沒孩子懂事。約翰尼！別只顧著看我，照顧你妹妹，萬一她從你膝蓋上摔下去那可是會出人命的。親愛的，我真的很害怕會出這樣的事，但是，事情往往……」泰特比太太把已經到嘴邊的話又咽了回去，又轉起手指上的結婚戒指。

「我明白！我知道我的小女人過的是什麼樣的生活，惡劣的天氣與艱辛的工作折磨著她，我知道，請上帝保佑我和你永遠在一起！」

泰特比邊說邊用叉子翻攪碟子裡的醬汁：「你媽媽還買了些醬汁，還有烤豬腳，這裡有佐料醬汁與芥末醬，乖兒子，趁著豬腳還熱，趕快過來吃飯吧！」

阿達夫用不著父親召喚第二次，馬上端著盤子過來狼吞虎嚥地吃了起來。父親給了約翰尼一些麵包，醬汁不小心滴了一些在小莎莉身上。

躺在床上的小泰特比們無法抗拒晚餐的香味，他們趁著爸媽不注意時爬了出來，央求哥哥們分些食物給他們。哥哥們心軟，每次都會分給他們一些，所以每到吃晚飯時，你都能在客廳看見小泰特比們穿著睡袍到處亂跑，相互搶奪食物，這也是件很讓泰特比先生感到困擾的事。他必須不時地起身呵斥孩子們，結束他們的「混戰」。

泰特比太太似乎有很重的心事，晚餐沒吃幾口，她一會兒笑一會兒哭，這讓泰特比不知所措。

泰特比太太突然說：「你過來！我想跟你說說我的想法。」

泰特比拉了拉椅子靠近他的妻子，泰特比太太笑了笑，抱他一下。

「親愛的，我還沒結婚的時候很樂於結交朋友，我是個自由的人。你知道嗎？有一回，有四個人一起追求我，其中有兩位還是瑪律斯家族的兒子。」

「親愛的，我也是瑪律斯家族的親戚啊。」泰特比說。

「我沒說那個，我指的是他的官銜是陸軍中士。」

「喔！」泰特比想了一下點了點頭。

「我說這些並不是懷念他們的追求，因為我現在有個讓人羡慕的好老公，我也很愛他。」

「你真是個好妻子。」泰特比說。

也許是因為泰特比的身高還不到十英尺，他才樂於接受泰特比太太高壯的身材，也可能是因為泰特比的身高不是兩英尺，他的妻子才覺得他能配得上她。

「今天是耶誕節，大家都放假了，都去市場買東西，我也很想像那樣購物。街上賣著各種各樣的商品，有美味的食物、漂亮的禮品等。但是我在買東西之前要不停地算帳，我有太多東西需要買了，可是我只有那麼一點點錢，這讓我很難過。我們沒錢去別的地方，我的心情非常糟糕。」

「喔，親愛的，我們應該接受這個事實啊。」泰特比搖著手說。

「喔！我親愛的丈夫，當我在家待了一陣子後，發現一切都不一樣了。以前的美好回憶突然排山倒海地湧現，我的心都被軟化了。我們共同經歷過太多事，為生活打拼、被疾病折磨、為孩子們付出，等等。這些回憶像要告訴我，我們的心是連在一起的。親愛的，之前的幸福曾被我無知地糟蹋，現在那些快樂對我而言彌足珍貴，我無數次地懺悔自己的愚蠢行為，並且對自己說：『我怎麼會那麼狠心？』」

泰特比太太激動地訴說自己的心聲，她大哭起來，然後緊緊抱著泰特比先生。她哭得太傷心了，以至於把孩子們從睡夢中驚醒，小傢伙們靠在母親身邊。這時，她突然用手指著一位剛走進門、身穿黑色斗篷的蒼白男子，驚恐地說：「你看那個男人！他是來幹什麼的？」

「親愛的，你鬆開手，我過去問問。」泰特比先生說。

「我剛才從街上回來時就見過他，他慢慢向我走來，我覺得很害怕。」泰特比太太說。

「你為什麼怕他？」泰特比先生疑惑地問。

「我也不清楚，等等，站住！」泰特比太太突然大叫，還一手摸額頭，一手捂著胸口，全身止不住地顫抖，好像她將失去什麼重要的東西似的。

「親愛的，你是不是生病了？」泰特比先生溫和地說。

「他想從我這拿走什麼？他到底想幹什麼？我沒有生病！」泰特比太太神情茫然地看著地板回應丈夫。

那位陌生男子站得僵直，一動也不動，眼睛盯著地面。「先生，你有什麼事嗎？」泰特比先生向他詢問道。

「真抱歉這麼唐突地來訪，你們剛才在聊天，所以沒有注意到我進來。」拜訪者回答。

「你剛剛也聽見我妻子的話了吧，她今晚已經被你嚇到兩次了。」泰特比先生說。

「真對不起，我只記得在街上見過你的妻子，但我沒想到會嚇著她。」穿黑色斗篷的男子說話時，正好與泰特比太太對視。泰特比發現，妻子真的非常害怕這個男人。

「我叫雷德羅，是附近學院的老師。我聽說有一位年輕男學生住在你們這裡……」穿黑色斗篷的男子說。

「你說的是丹翰先生吧？」泰特比問。

「是的。」雷德羅說話前把房間檢視了一遍，他似乎已經覺察到因為自己的到來而改變的氣氛。

「那個男學生的房間在樓上，有一個小樓梯，既然你已經到了這裡，那就上去看看吧，外面實在是太冷了。如果你要見他，就上樓吧。」泰特比一邊說，一邊用手指著與起居室相連的通道入口。

「是的，我想見見他，可以給我一盞燭火嗎？」穿黑色斗篷的男子那張枯槁的臉顯得很警惕，沒來由的不信任感使他變得沉悶、不快樂。這讓泰特比很是疑惑，他停頓了一會兒，眼睛盯著雷德羅先生看了好久，就像被迷惑了一樣，昏昏沉沉的。

「我幫你照亮樓梯，跟我來。」過了好久，泰特比才回過神來。

「不！不用了！我自己上去就可以了，請不要告訴他我要上去，他沒有想到我會過來。可以給我支蠟燭嗎？我自己上去。」雷德羅迅速地回絕了泰特比的好意。雷德羅從泰特比手中接過蠟燭，不知道是不是無意，他觸到了泰特比的胸膛，又急忙縮了回去。

看起來雷德羅並不想，傷害他，只不過雷德羅也還不知道自己的新力量歸屬於身體的哪一部分，也不知道如何傳送這種力量，更不知道接收到這種力量的人會怎麼樣，也許人們的反應會各不相同吧。雷德羅轉過身上樓，當他到達樓頂時，忍不住停住腳步往樓下看。

泰特比太太還站在那個地方，緊張地轉動手指上的戒指；泰特比的頭往胸前傾，彷彿在思考什麼；孩子們則聚集在母親身旁，羞怯地看著這個陌生的拜訪者。雷德羅往下看時，孩子們立刻緊貼在一起。

「回臥室去！看夠了還不趕快回去睡覺！」父親粗暴地說。

「這地方太小，待不了那麼多人，快回臥室吧。」母親附和地說。

小孩子們躡手躡腳地離開，活像是一窩剛孵出的雛雞，他們一個個看起來都很害怕，約翰尼帶著妹妹莎莉走在最後。泰特比太太眼神輕蔑地看著這間簡陋的房間，開始收拾餐桌。突然，她停止動作，站在那裡沉思起來，一副沮喪灰心的樣子。泰特比坐到壁爐前，煩躁地鼓搗著裡面的火種，把火堆往自己的方向移動，似乎想獨佔這份溫暖。夫妻倆一句話都不說。

穿黑色斗篷的化學家臉色看起來比平常還要蒼白，像個小偷一樣悄悄上樓，看著樓下因他的出現而改變的氣氛，不知道是該繼續上樓還是轉身離開。

「我做了什麼讓他們這麼害怕？我上樓又是去做什麼呢？」他疑惑地自言自語。

05 雷德羅的魔法

「去給那些痛苦的人們一些施捨吧！」他聽見內心有一個聲音如此回答。他環顧四周，什麼都沒看見。這時候他已經走到一個通道面前，這個通道將臥室分割開來，他繼續向那個房間走去。

「從昨晚到現在，我就像被禁足於過往世界之外，一切都變得陌生起來，我竟然成了自己的陌生人，一切恍如夢境。我怎麼才能想起，自己為什麼要來這個地方呢？」

他走到一扇門前，敲了敲門，屋裡響起一個年輕男子的聲音：「請進。」雷德羅應聲進屋。

「是那位照顧我的善良女士嗎？其實我也用不著問，除了您，還有誰會到我這裡來呢。」雖然他的聲音聽起來有些無力，但聽得出來，他的心情還是愉悅的。

穿著黑色斗篷的雷德羅順著這個聲音望去，一張沙發上躺著一個年輕男子，身體緊貼著壁爐架，背對著房門。壁爐簡陋粗劣，看起來像是病人消瘦凹陷的臉頰，火爐裡鋪滿磚塊，微弱的火苗毫無溫暖可言。雷德羅面向爐火，望著這個因為靠近風口而沒什麼溫度的火爐，火焰發出吱吱的響聲，燃盡的炭灰盤旋著掉在地上。

「這壁爐的灰太多了，連爐壁上的裂縫都被填滿了。如果可以像精靈那樣點灰成金，那我現在可是大富翁啦，我的生命就能延長一點，也可以愛梅莉那個沒有存活下來的女兒更久一點，可憐的女孩也可以被更久地懷念下去。」他慢慢伸出手，希望善良的女士能和他握握手，可能是太虛弱了，他的身體動彈不了，只是把臉埋向另一個手掌，並沒有轉過身。

雷德羅環視四周，看到堆疊在角落裡學生的書籍和放在桌上的一疊實驗報告，還有一盞像被冷落了很久的閱讀燈，它們像是被誰特意收起來，好讓這個學生不再為學業所累似的。透過這些書籍與燈具可以看出，他在健康的時候有多麼勤奮，或許正是他的勤奮讓身心無法負荷才生病的。

他的外套被閒置在牆上，沉落的灰靜靜訴說著自己被遺忘的委屈。雷德羅的目光搜尋著紀念品、油畫或者別的什麼可以說明年輕男子並不孤獨的證據，他看到年輕男子參加競賽的獎品，還有一些男子的個人紀念品，牆上的一幅鑲框人物像裡面的影像並不像是與年輕男子有親近關係的人。

過往韶華，已經不再屬於雷德羅，他忘記了與年輕男子有關的人和事，當然也不會記得曾經那些遠親的模樣。現在的這些事都讓他感到陌生，就算偶爾會在腦海中閃現一絲模糊的印記，也沒有其他可追蹤的線索。他看著這個房間，腦海中就是那樣的感覺。

這位學生很奇怪為什麼善良的女士沒有來和他握手，於是從沙發起身，轉頭看了一眼。雷德羅先生向他伸出手。

「別過來！我坐在這裡，您就待在現在的地方吧！」年輕男子有些驚恐地說。

雷德羅在門邊找了個位置坐下，靜靜地看向倚在沙發上的年輕男子，又將眼神看向地板。「我聽說你生病了，在這個城市又沒有親人，孤單寂寞。不用追問我是怎麼知道的，因為這不重要。我也只知道你住在這條街上，對你的其他事一無所知，幸運的是，我詢問街上第一家的時候就找到了你。」

「我已經病了很久，現在好多了。多虧在我生病時一位善良的女士及時向我伸出了援手。」

「是那位管家太太嗎？」雷德羅先生詢問。

「沒錯，是她。」學生回答時低著頭，流露出對照顧他的人的無限敬意。

這位化學家在得知這位學生的狀況後就透露出無限的關心，那天晚餐時就表示要前來看望，可現在他那冰冷的臉龐毫無感情，樣子就像墓碑上冰冷的大理石雕刻，根本不像正常的活人。化學家瞅了瞅年輕男子，眼神又從地板飄向空中，似乎在尋找什麼，但他自己又感到很茫然。

「我知道你的名字，在樓下時他們一提到你，我就想起了你的姓名和長相，但我們師生好像並沒有什麼交集。」

「這倒是。」

「你好像比其他學生更疏遠我，不願意和我有更多的交流。」

年輕男子點頭表示贊同。

「為什麼？你為什麼不願意和我有更多的交流呢？為什麼在寒冷的冬天，所有學生都回家以後，你還留在這個陌生的城市？我沒想到你還在這，所以當我聽到你生病時，感到很驚訝。我很想知道這是怎麼回事。」

聽到雷德羅的詢問，年輕男子立即變得焦躁不安，他抬眼望著雷德羅，十指緊扣，嘴唇不停地顫抖，哭著說：「雷德羅先生？我還是被您找到了！您最終還是知道了我的祕密！」

「祕密？我知道什麼？」雷德羅驚訝地問。

「沒錯！因為您變了，再也不是以前那受人喜愛的樣子了，您不再對世界有絲毫的關心和同情，就連說話的語調都變了，您不自然的說話方式和臉上的表情告訴我——您知道了我的祕密。現在，您這副努力隱藏的樣子更讓我確信自己的祕密已經被您知道了。雖然我內心知道您是善意的，但我們之間的隔閡永遠揮之不去了。」年輕男子說完笑了起來，笑聲顯得那麼空虛。「雷德羅先生，我知道您是一個善良的人。雖然我的家族血統很複雜，但是我的內心是單純善良的，請您不要將那些冤屈和悲傷加到我身上。」

「什麼冤屈、悲傷！我不明白你在說什麼。」雷德羅冷笑著說。

「看在上帝的分上，先生，請不要讓剛才的談話影響您善良的初衷，我會主動從您的世界中消失的，我會回到以前的偏僻寓所！請叫我現在用的名字，不要叫我洛佛德。」學生畏怯地乞求著。

雷德羅的雙手緊抱腦袋，轉向那個男學生，一臉嚴肅，那張原本冷酷的、像被烏雲遮蓋了的面龐閃過一絲光彩，就像日光在暗夜乍現一般。

「洛佛德！」雷德羅大聲重複。

「洛佛德是我母親的姓氏，雷德羅先生，我的母親以她的姓氏為榮。我瞭解家族中的往事，雖然有些東西只留下些微的蛛絲馬跡，但我猜測事情的來龍去脈通常都與事實不相上下。我父母的結合是不幸的，因為那是一樁門不當戶不對的失敗婚姻。我小時候就常聽見別人用尊敬、羨慕、敬畏的語調講述您，母親也時常向我講述您的事情。在我小時候的想像中，您就是聖賢和光輝的代名詞。我自己都沒料到後來會成為您的學生，彷彿您就是我生命的動力……我不想一味地描述您對我有多麼深遠的影響，但您確實使我有動力去追尋過往美好的時光，沒有哪個學生不想贏得大名鼎鼎的雷德羅先生的喜歡和信賴。可是，先生啊！我們之間的輩分與地位相差太大，我只能遠遠地仰望著您，每當想到自己和您還有那麼點交集，我就會感到無比自豪，但是那些和我母親沒有交往的人卻很樂意聽名人雷德羅的一些流言蜚語。我難以形容對您的感情，但這些終將成為回憶；雖然只要您的一句話就足以讓我振奮，可我仍舊不敢讓自己靠近您。我認為自己應該去您的課堂，積極地瞭解您，但我還是要保持行事低調。雷德羅先生，我不得不說，請原諒我對您的欺騙吧！」

依舊皺著眉的雷德羅顯然很不高興，他面無表情地坐著，直到年輕學生走近他並想要握住他的手時，雷德羅急忙向後退，並慌張地對著學生大喊：「不要靠近我！」

年輕的學生被雷德羅驚恐的動作和嚴肅的拒絕態度嚇到了，他將手放在額頭上，一副若有所思的樣子。

「往事就讓它隨風去吧！回憶像細胞一樣會漸漸死去，不必在意它曾經留下的痕跡。記憶會誤導我們，我與你沒有任何關係。如果你缺錢，我帶來了，我今天來的目的就是給你點錢，除了這個，我沒有別的目的。」

「請您把錢拿回去，我非常感謝您的到訪和慷慨的援助。」學生用平靜但驕傲的語氣說。

「真的？你是真的想感謝我？」一絲光亮從雷德羅的眼睛裡迅速閃過。

「是的，請接受我的謝意。」

來到這裡這麼長時間，雷德羅第一次主動走向年輕男子，他收起錢包，用手示意學生轉向自己，看著他的臉。「生病表示你生理與心理的不安，所以一顆心總是懸著，感到悲傷和痛苦，難道你不想忘記這些痛苦嗎？」雷德羅先生詭異地笑起來。

學生伸出手支著困惑的額頭，沒有回應。雷德羅抓著學生的袖子，這時他聽見梅莉的聲音在外頭響起。

「我知道了，謝謝你，阿達夫。親愛的小寶貝，別哭。爸爸媽媽明天就會好了，家裡也會變得很溫馨。」梅莉說。

雷德羅聽到聲音，趕緊放開了年輕男子。

「其實我很不願意跟她見面，她雖然是一位善良的人，但我是個容易扼殺人們心中善良情感的壞人，所以我不想拖累她。」年輕男子說。

05 雷德羅的魔法

梅莉敲了敲門。

「我可不想跟她碰面。」雷德羅看著年輕男子，以嘶啞粗重的聲音說。

年輕學生將牆上的一扇小門打開，原來裡面還有個小房間，雷德羅迅速躲了進去。

學生重新回到沙發上，說：「請進。」

「親愛的艾德蒙先生，樓下一家跟我說有一位紳士來拜訪你。」梅莉在屋裡四下張望。

「這裡只有我一個人啊。」艾德蒙說。

「是那個人走了嗎？」

「嗯，他已經走了。」

梅莉將籃子放在桌上，笑著走到沙發後面想要和學生握一握手，但艾德蒙讓她撲了個空。梅莉平靜的臉上閃過一絲驚訝，她斜著身子看他，用右手背摸了摸學生的額頭。

「你現在感覺怎麼樣？還好現在不發燒了。」梅莉說。

「嗯！我挺好的。」學生顯得很不耐煩。

梅莉一臉驚訝，卻沒有絲毫想責怪學生的意思。她回到桌子旁邊，從籃子裡拿出一小包針線，但是又像想起了什麼似的，又把針線放下來，站起來把房間裡的每一件東西都收拾整齊，沒有弄出任何會打擾學生的噪音。打掃完畢後，她又坐下做針線活兒。

「艾德蒙先生，這是給你新做的棉布窗簾，雖然不是什麼昂貴的布料，但看起來也算乾淨細緻，在燈光下顯得相當柔和。我丈夫說你恢復得還不錯，這個時候房間燈光是不能太亮的，太強的光會讓你頭暈。」

他在沙發上翻來覆去，相當煩躁。梅莉停下手頭的活，焦慮地看著學生。

「是不是枕頭不舒服？我給你把枕頭好好擺擺吧。」

「枕頭很舒服，不用擺。求求你別再管什麼枕頭了，你已經做了許多事情。」雖然學生嘴裡這麼說，但從他的眼神裡找不到絲毫感謝之意。梅莉回到剛才縫紉的地方，繼續做窗簾，但她的臉上沒有任何埋怨的表情，仍平靜地繼續著手中的針線活。

「艾德蒙先生，我感覺只要我坐在這裡，就會干擾你的思考能力，我聽說過這樣一句話：挫折才是我們的良師。你得過這一場大病後就會更懂得珍惜健康的時光，當你恢復健康以後，再次回想獨自承受病痛折磨時的痛苦，你就會發現，家庭生活對你而言更加珍貴與幸福。這樣想來，你的這場病未必是件壞事。」

梅莉專注地做她的窗簾，跟這個學生說話的時候非常誠懇，說完之後又仔細觀察這個學生有沒有什麼反應。這個年輕男子不領情的樣子絲毫沒有影響到梅莉的情緒。

「喔，艾德蒙先生，我沒法和你比，我沒唸過什麼書，不知道怎麼正確地思考問題。你一直臥病在床，應該對病痛印象深刻。我明白，你非常感激樓下照顧你的一家人，從你的表情上我可以真切地感受到，在某種情況下病痛也是一種溫馨的代價，可悲的是，對於某些人來說，悲傷和困境只是一種痛苦。」

梅莉說話的時候，漂亮的雙手優雅地斜到一邊，她的眼睛一直看著做活的雙手。

「威廉太太，生病的好處沒那麼大吧！樓下一家確實給了我一些幫助，但我會把這個人情還給他們的，他們也許正期待著我的回報呢。我很感謝你，威廉太太。我的身體是不大好，可我知道你也是孤獨的。在我看來，你的悲傷遠遠大於快樂，好在一切都將結束，畢竟痛苦是一時的。」艾德蒙態度冷淡地說著。

梅莉盯著他看，好長一段時間後，她的笑容慢慢從臉上消失，她拿起桌子上的籃子，溫和地說：「艾德蒙先生，你是不是想一個人靜一靜？」

「我沒理由還把你留在這裡。」艾德蒙冰冷地回答。

「只是……」梅莉打開她剛剛做好的窗簾。

「不過是個窗簾嘛。為了區區一個窗簾留下，不值得吧。」

梅莉將針線包整理好後放進籃子裡，懇求似的站在艾德蒙面前說：「如果你還需要我的幫助，我會非常樂意。雖然這對於我來說並沒有什麼好處，但我依然樂意這麼做。既然你已經逐漸好轉，那我的出現也就不是那麼必要了。我不應該繼續打擾你，你也不欠我什麼人情，只是你必須尊重我。如果你認為我誇大自己在你生病時對你的關心，那你就錯了，我為此感到遺憾，真的很遺憾啊！」梅莉平靜沉著地對年輕男子說著，臉上表情柔和，語調清澈悅耳。正因為這樣，在梅莉離開之後他可能會鬱悶一陣子呢。

學生看著之前梅莉工作的地方沉默不語，這時雷德羅先生從藏身的小屋回到房間，走到門口。「當你受病痛折磨時，只希望死亡將病痛埋葬！現在就腐爛吧！」雷德羅惡狠狠地回頭看著他。

「你對我做了什麼？」年輕學生抓住雷德羅的斗篷激動地質問，「你對我施了什麼魔咒？我要做原來的自己！」

「做回你自己？不可能！我被這種毒感染了，身體和心都已無法恢復，只要我受了感染，那全世界也就要完了！我已經沒有任何感情，心就像石頭，腦子完全被自私情緒佔據，現在可悲的我只比我製造出來的可憐人好過那麼一點點，所以在他們變成我這個樣子的時候，我有權痛恨他們。」

發了瘋的雷德羅不著邊際地說著鬼話，他的斗篷依舊被學生抓著，雷德羅將他的學生推倒，然後慌張地跑出去。夜晚的風呼嘯著，大雪簌簌降落，月光幽暗地照著大地。隨著狂風和大雪的肆虐，黑雲和暗月的湧動，鬼影的話在黑暗中陰森逼近：「我賜予你的能力，你可轉贈他人，順從自己的心思，做你想做的吧！」

04

雷德羅現在不知道自己正走向哪裡，也不在意自己走向哪裡，他不需要別人的陪伴，被毒害的靈魂讓他經過的街道都變得荒蕪了，就像無邊的荒漠，他生命活力的源泉早已枯竭，他覺得周圍簇擁著的人群都被生活的各種苦難折磨著。

風吹過街道，留下的只有破敗，鬼影的話在他心中不停迴盪，也許會「很快消失」，但現在他依然被它左右著。終於，他知道自己變成了什麼樣，知道

05 雷德羅的魔法

別人對他的影響是怎樣的，這個時候沒人知道他獨處的渴望有多麼強烈。

當他沿著街道行走，心中不停地思索著這些事，突然想起之前跑進他房間的小傢伙，他仔細回憶著自從自己接受幽靈的交易後，所有和他有過交集的人，只有那個小傢伙沒有被他的魔力同化。

他是如此厭惡這一切，恐懼這一切，所以他決定找出真相，證明這一切是不是永遠無法改變，他打定主意要這樣做。

他不斷回想自己的遭遇，轉身獨自來到大廳門廊處，門廊地面因為學生們的行走而留下了磨損的痕跡。

威廉一家的房子就在鐵柵欄裡頭，那座房子是個四邊形建築，它的外面還有個小修道院。從這個隱祕院落的窗戶可以看見房間裡頭的擺設，當然也能夠看到誰在屋裡。他對那緊鎖的欄杆非常熟悉，雙手握住欄杆，手腕用力向外拉開，稍一側身就輕巧地穿了過去。他躡手躡腳地向窗戶那邊走去，腳下踩過薄薄的雪殼。

雷德羅看到的那個小傢伙昨晚點燃的燭火穿透房間玻璃閃閃發光，如同本能一樣，他的眼睛避開火焰，只是借著火花發出的微光探看窗戶裡頭的景象。開始他還以為屋裡沒有人，但走近時，便看到自己尋找的目標躺在地板上，在壁爐的溫暖火光前熟睡。雷德羅迅速閃進屋裡。

溫暖的火光正烘烤著這個小傢伙的頭頂。雷德羅俯身試圖將他喚醒，但當雷德羅剛剛觸碰到他，這個尚未完全清醒的小傢伙就本能似的，連滾帶爬地奔向房間的角落裡，縮成一團坐在地上，以一個進攻的姿勢保護自己。

「站起來，你還記得我吧？」雷德羅說。

小傢伙回答：「這不是你的房子，我想一個人待著。」

化學家用駭人的眼神盯著小男孩，逼迫他站了起來。

「誰給你洗澡，還給你的傷口上了藥？」雷德羅指著男孩的傷口詢問。

「是那個女人幫我弄的。」男孩回答。

雷德羅借著他們的對話來吸引小男孩的注意，雖然心裡不想傷害他，但還是粗魯地抓住他的下巴，把他的頭髮甩向後面。小傢伙直勾勾地盯著雷德羅的眼睛，似乎覺得這樣可以嚇跑敵人，但雷德羅看穿了這個小傢伙的柔弱。

「其他人去哪裡了？」雷德羅詢問。

「那女人出去了。」

「這個我知道，威廉和他的白髮父親去哪裡了？」

「你是說那女人的丈夫和父親麼？」

「沒錯，他們到哪裡去了？」

「他們也出去了，好像發生了什麼事情。他們出去得很匆忙，要我自己待在這裡。」

「如果你和我走，我就給你錢。」化學家說。

「去哪裡？能給我多少錢？」

「我保證你從沒見過那麼多錢，而且我會儘快把你帶回來，你知道怎樣才能回到原來的地方嗎？」

「把我放開！我為什麼要和你去？放我走，不然我就用火燒你。」小傢伙猛然掙脫雷德羅的雙手。

小傢伙跳到火堆前，竟然用自己的小手抓出了燃燒的火球。雷德羅盯著施展魔法的小男孩，通常他的咒語都能讀出接觸者的心意，但這次卻不能拿他怎麼樣。當小男孩反抗他時，他心中不禁一顫，全身血液瞬間凝結，驚恐地望著這個他無法征服的小傢伙。他長著一副孩童的模樣，卻用邪惡的眼神望向雷德羅，他那柔嫩的小手握住欄杆蓄勢待發。

「聽著！孩子，你帶我去人們感覺最悲慘的地方，我有能力拯救他們。我說話算話，一定會給你一大筆錢，並且很快帶你回來，趕快到我這裡來吧！」雷德羅快速向門口走去，因為擔心梅莉會回來。

「你能讓我自己走嗎？不要抓著我！」小傢伙詢問的時候慢慢收回威脅的手勢，站了起來。

雷德羅將先令一個一個放在小傢伙的手上，但是小男孩不知道怎樣數錢，每拿到一個先令就說一句「一個」，貪婪地看著雷德羅手裡的一枚枚錢幣。除了手上，他不知道能將錢幣放在哪裡，最後只好放進嘴巴裡。

雷德羅拿出筆和本子開始寫字，小傢伙就待在他身邊，寫完後他簽了自己的名字，把紙放在桌上。小傢伙像以前一樣緊抓著他的衣服，但是現在看起來

05 雷德羅的魔法

溫順多了，他在寒冷的冬夜裡赤腳踩在雪上。

雷德羅太著急了，他可不想和梅莉碰上。小傢伙緊緊跟隨雷德羅穿過他曾經迷路的走廊，到達雷德羅居住的大樓，接著來到一扇大門前，門打開後看到了街道。這時，小傢伙立刻從他身邊跳開，雷德羅停下腳步詢問小男孩知不知道他們現在身在何處。

這個小傢伙東張西望，最後向一個方向點了點頭，雷德羅急忙向他指的方向走去，小傢伙緊隨其後，他將錢從嘴巴放回手上，然後又放回嘴巴裡，一邊走，還一邊偷偷摸摸地將一個一個的先令用身上的破布磨得發亮。

他們趕路的時候走走停停，但始終肩挨肩。雷德羅多次低下頭去看這個小傢伙，小傢伙被他嚇得直發抖。

第一次停住腳步是因為他們正好穿越一個老舊教堂，雷德羅不自覺地在墳墓前停了下來，他們兩個完全不知道如何與對方溝通。

第二次停下來是因為看到月亮剛好從半空中升起，明亮的光吸引雷德羅凝視天空。雷德羅可是認識全部星座的，今晚卻沒見到一顆過去熟悉的星星。

第三次停下來是因為一陣哀愁的音樂飄進耳朵，惹得他駐足聆聽，但是他的耳朵只聽見樂器彈奏的單調音符，這樣的音樂完全不能呼應他心中的幽暗，更無法引導他看清過去或未來，就好像是昨日的激流勁風已然無力。

他們繼續前行，盡可能避開擁擠的人群，然而雷德羅還是有些憂慮，不時地尋找小傢伙的肩膀，總是擔心小傢伙會迷路，不過小傢伙從來沒有落下過。夜色寂靜，只能聽到雷德羅和赤腳的小男孩短促快速的腳步聲，他們來到一處像廢墟一樣殘破的房子前，小傢伙示意他停下腳步。

「就在這！」他指了指廢墟一樣的房子，窗戶裡露出一些微弱光線，一個燈籠孤零零地掛在門口，上面有一行字：旅人住所。

雷德羅四下打量，先看了看房子，又看了看那片荒地。房子周圍沒有柵欄，屋裡沒有供水、沒有電燈，周圍的壕溝明顯排水不良，高架橋圍繞著這棟房子，橋面以下逐漸狹窄，最後只剩下一隻小狗可以通過的空間，還有一個殘垣破瓦堆成的小山丘。小傢伙臉上露出驚恐的表情，這讓雷德羅非常吃驚。

「他們就在那裡面！你自己進去吧，我會在這裡等你。」

05 雷德羅的魔法

「他們能讓我進去嗎？」雷德羅說。

「你可以說你是個醫生，他們這裡有許多病人。」

雷德羅轉頭望著房子，小傢伙懶散地走過滿是塵土的地面，像只老鼠似的鑽到拱門下面。雷德羅對這個小傢伙的感覺不是同情，而是害怕，當小傢伙從藏身處看他時，他急忙躲進房子裡。

「千萬不要讓悲傷、錯誤與困境籠罩這個地方，沒有誰能傷害誰，也沒有誰能救誰。」化學家說著，腦中痛苦的回憶清晰顯現，邊說邊推開那扇幾乎要垮掉的房門，走進屋裡。

屋裡的樓梯上有一位女人坐在那裡，麻木的神情佔據了她的臉，她把頭埋在手臂裡。雷德羅在上樓梯時極力避免踩到她，她卻絲毫不挪動，似乎對外界的事情毫不關心，雷德羅只好拍了她的肩膀一下，提醒她靠邊坐。

女人把頭抬起來看他，這是一張年輕人的臉龐，但是希望與光明好像從未留戀過這張臉，本應活力四射的面龐像被蕭瑟冬日摧毀的生命一般。雷德羅的動作對這個女人來說似乎沒什麼影響，她只是默默地往牆邊靠了靠，留出一條較寬的路讓他通過。

「你是誰？」雷德羅停下腳步，手扶著破損的階梯扶手，詢問著這個女人。

「你認為我是誰？」女人看著他說。

「我到這裡是為了療救別人，讓別人的痛苦得以減輕。我希望我能夠做到，你不覺得這樣很好麼？」

女人皺了皺眉，突然大笑起來，笑到最後聲音都變得顫抖起來。她再一次把頭低下，手指插進頭髮裡搔動頭皮，顯得極為不安。

「這樣不好嗎？」雷德羅再次詢問。

「我只是在思考自己的人生。」女人呆滯地看著雷德羅。

「你怎麼在這裡而不是在家？」雷德羅詢問。他知道這個女人只是這屋子裡「病人」中的一位。

「曾經我也有個溫馨的家，我的父親是個園丁，住在離這裡很遠的地方。」

「他還在世嗎？」

「在我心中他已經死了，其實，世界上的東西對我來說沒有生與死的區別了。你是個生活富裕的紳士，永遠不會理解這種感覺！」她再次抬起頭對他淒涼地笑了一下。

「在死亡臨近之前，你的人生有什麼遺憾嗎？在你心中真的沒有任何邪惡的記憶嗎？人生總是悲慘的，對不對？」雷德羅嚴肅地說。

她突如其來的哭泣讓雷德羅相當驚訝，因為她的外表看不出任何屬於女人的氣息，然而更令他吃驚的是，這個女人在回憶過往並不美好的生活時，繃緊的臉龐竟然露出溫柔的表情。雷德羅不由自主地後退幾步，他從這個角度看到女人的手臂是不正常的黑顏色，臉部還有刀傷，胸前有大片大片的淤傷。

「是誰把你弄成這樣的？」雷德羅詢問。

「是我自己，這是我自殘的傷痕！」女人回答。

「怎麼會呢？」

「真的，這都是我自己做的，他並沒有打我，是我自己瘋狂地傷害自己，現在又跑到這裡來。他從來不會靠近我，他的手從沒碰過我。」

她的臉色蒼白但表情堅定，雷德羅卻從中瞥見虛偽的東西，他看見之前已墮落扭曲的人性，苟延殘喘地存在於她的記憶中，雷德羅靠近她，知道她現在深陷於痛苦和自責之中。

「都是些悲傷、錯誤和困境啊！」雷德羅喃喃自語，他心驚地把眼神移開，擔心暴露自己的心思。

雷德羅不敢注視那個女人，不敢觸摸她，唯恐會將她變成自己這樣。他抖了抖身上的斗篷，悄然走上樓梯。

05

在樓梯的盡頭，一個平臺出現在雷德羅眼前，還有一扇半開的門，當他往上走時，一位男子手拿蠟燭正從屋裡走出來。這位男子在看見雷德羅時，不由得退了幾步，臉上透露出複雜的情緒，顯得非常激動，他大聲叫出了雷德羅的名字。

雷德羅看到這副面孔時感到非常驚訝，因為這張臉似曾相識，他停下腳步，努力回想到底是誰。在極度驚訝之下，他還沒來得及思考，老史威哲也已經從房間裡走出來，抓住雷德羅的手：「雷德羅先生！真的是您嗎？先生，真的是您，您一定是聽說了這件事，才追隨我們的腳步向我們伸出援手。可惜啊，一切都太晚了，太晚了！」

雷德羅極為困惑，他跟隨老史威哲進入房間，看見在裝有腳輪的矮床上躺著一個男人，威廉就站在床邊。

「父親，真的是太晚了。在他休息的時候，我們保持安靜不說話，這是我們現在唯一可以做的事，您說得對啊，父親。」他兒子插話。

那張床引起雷德羅的注意，躺在床墊上的人本應是充滿活力的，但現在的他像是沒有被太陽照耀過的植物，臉上留著四、五十年的拼搏痕跡，看起來相當蒼老。和這個男人比較，時光之手對雷德羅仁慈和善許多。

「你是誰？」雷德羅看了看四周說。

「雷德羅先生，他就是我的兒子喬治，是我和妻子最大的驕傲。」老史威哲不停搓揉著手說。

雷德羅把眼神從老史威哲灰白的頭髮上移開，望向剛才認出他的男子，他站在房間裡離雷德羅最遠的角落，冷眼看著周圍的一切。雷德羅應該不認識這位男子，但是當他背對著雷德羅走出門外時，他的影像告訴雷德羅，他似乎暗藏著什麼。

「威廉！那位先生是誰？」雷德羅陰沉地問。

「先生，像他這樣一個沉溺於賭博的男人，您沒必要知道他。」威廉回應。

「他真的這樣？」雷德羅詢問威廉，用不自然的神態掃視著對方。

「是的。據我所知，他好像懂一些藥學，是與我那個憂鬱的哥哥一同到倫敦旅行過的，我說的哥哥就是您剛見到的那個病人，他曾經他在這裡借宿過。先生，這幅景象真是淒慘啊，但事情就是這樣，真是要了我老父親的命。」威廉用外套袖子擦了擦眼睛。

05 雷德羅的魔法

等威廉說完，雷德羅抬起頭來，試圖回想自己現在在哪裡，跟自己在一起的又是誰，當然他沒忘記身上的魔力。這種痛苦很快消失了，雷德羅驚訝的表情逐漸消失，他的內心在激烈鬥爭，他不知道是該離開還是該留下來。他不斷地掙扎，最後還是決定留下來。

「是否只有回憶能夠讓這個老人淚眼婆娑？是否只有回憶充斥著悲傷與困境，我真的可以讓他忘卻這些記憶嗎？這些記憶對於老人如此珍貴，珍貴到讓我也產生了畏懼感？不！我不能害怕，我要待在這裡。」雷德羅依舊處在恐懼之中，身體因為激動而微微顫抖。他把臉隱藏在黑色斗篷裡，低聲自言自語，然後站在遠離床邊的位置，靜靜地聽著別人說話，彷彿自己就是會隱身的惡魔。

「父親！」生病的男子從恍惚之中醒來。

「孩子啊，我的喬治啊！」老史威哲說。

「你說我是母親的最愛，現在想想，真是可怕啊！」

「不！千萬別這麼想！這是美好的事情，而不是可怕，我親愛的兒子！那對我而言是美好的回憶。」老人說。

他的兒子看到父親老淚縱橫，懊悔地說：「父親，真是不該說這些讓你傷心的事情啊。」

「那真的是美好的回憶，最起碼對我而言是這樣的，回想起當時真覺得是傷心的經歷，但是喬治，塞翁失馬焉知非福啊。你認真想想就會發現，你的心變得越來越溫柔。我的兒子威廉在哪裡？威廉啊！你們的母親可是充滿深情地愛著你哥哥啊，直到她只剩一絲呼吸仍不忘說：『跟他說，我原諒他了！我祝福他並且為他祈禱。』雖然我已經八十七歲了，但是我從未忘記你們母親對我說的這些話。」

「父親，我知道自己活不了多久，心中有千言萬語卻說不出來，如果奇蹟發生，我得以痊癒，我的人生還有希望嗎？」床上的男子問道。

「對真誠懺悔的人來說，永遠都有希望，千萬不要絕望。就在昨天，我還感謝上帝讓我回憶起你小時候純真可愛的模樣。這是件令人欣喜的事，我知道上帝要告訴我，他沒有遺忘我可憐的兒子。」

雷德羅像謀殺犯一樣用手遮住臉龐，似乎在逃避什麼。

05 雷德羅的魔法

「啊，」床上的男子痛苦地呻吟著，「從今往後，我的生命就成了荒園！」

「他曾經也是個無憂無慮的孩子，我見過好多次他靠在母親的膝前禱告，母親將他擁在懷中親吻。當他誤入歧途時，我與他的母親真的是萬分痛苦，我們對他的期望全都破滅了，但是我們之間的親情無法磨滅。上帝啊，你是全人類的父親，請讓他變回過去快樂的樣子。」老人舉起他顫抖的雙手不斷為兒子祈禱。

喬治則將頭靠向老人，以此尋求支持與慰藉，就像孩子那樣。雷德羅沉默不語，身體不停顫抖，他知道這裡將發生一件事，而且是無法避免的一件事。

「我的時間越來越少了，我感覺自己的呼吸越來越急促，父親，威廉，是不是有個黑色的人影出現啊？」生病的男子用一隻手肘支撐自己，另一隻手舉在半空。

「是的，那是雷德羅先生。」他的兄弟溫和地對他說。

「我還以為是做夢呢，快請他到我這裡來吧。」

雷德羅的臉色看起來比瀕死男子還要蒼白，他看到生病男子示意他過去，於是恭敬地坐到他的床邊。

生病的男子用手捂著胸口說話，他的眼神透露出對死神的哀求，彷彿訴說著臨死前的痛苦，「我看到我可憐的老父親，再想想自己做過的荒唐事……我的內心藏著許多事情，太多記憶快速閃過，我樂意去做任何事，只要這件事是對的。還有一位先生也在這裡，你們見到他了嗎？」

雷德羅不知道該說什麼，當他見到那垂死之人的手拂過額頭時，他知道那代表生命無法逆轉的消逝，一想到這，他到了嘴邊的話竟說不出口，只能點頭表示見過那位男子。

「他身無分文，沒錢吃飯，已經完全被生活擊垮，生命沒有任何動力，你看看他，還有什麼時間可以用來揮霍啊！我知道在他心中有個過不了的難關。」

這些話似乎發生了作用，他的臉上漸漸露出僵硬深沉的表情，但是逐漸不再顯現悲傷的神色。

他把臉別過去好一陣子，但他的手突然停在雷德羅的身上，表情冷酷。「你真可惡！為什麼要這樣？為什麼？你看看你在這裡做的好事！我活著的時候英勇無畏，死的時候也一樣，尤其是面對你這樣的惡魔！」然後，他躺回床上，將手放在頭和耳朵上，好像決定要拒絕所有幫助，孤獨死去。

站在床邊的雷德羅聽到這些話後全身一陣顫抖，像被雷打到一樣，喬治的老父親走了過來，表情充滿嫌惡感，不願與他有任何交集。

「威廉在哪裡？威廉，我們回家吧！」老史威哲急切地詢問。

「回家？您是認真的嗎？難道您要拋下你的兒子不管？」威廉回應。

「我兒子在哪兒？到底在哪裡？啊！在那裡！我不允許任何人那樣威脅我，我的孩子們都很好，他們準備好酒肉，等著我回去享用，雖然我已經八十七歲了，但他們善待我，因為我值得人們尊敬。」

「您活得已經夠久了，」威廉似乎連看老人一眼都不願意，雙手插在口袋裡，口中低聲抱怨，「我真想不起您對我們做過什麼好事，沒有您我們會更快樂！」

「雷德羅先生，您看看我的兒子！他竟然這樣跟我說話！我也想問問，他做過什麼讓我感到驕傲的事情嗎？」

「我也不知道您曾做過什麼事讓我感到光榮！」威廉氣憤地反駁。

「先生，我真的不願意見我的父親，因為在他身上，我見到的只有這許多年來他不斷吃喝玩樂，讓自己過得舒坦。」他帶著惱怒的情緒對雷德羅這麼說。

「可我已經八十七歲了啊，我從沒感到生命中有什麼事情能困擾我，現在我也不會因為他是我兒子而例外。我不承認他是我的兒子，我的生命中曾經有過許多美好時光，但是現在全都消失了。我以前愛鬥蟋蟀，有自己的交際圈，但是現在什麼都變了，我不再承認他是我的兒子，我全當他死了。」老人疲倦地搖了搖頭，把手放在背心口袋裡。他從口袋裡掏出一些冬青植物，可能是昨晚落下來的。

他的小兒子威廉依舊態度冷淡，用毫無感情的眼神看著父親，沉浸在自己的罪惡中，態度決然固執，刻意忽略雷德羅的話。雷德羅立即抬腳離開這個房子，在走之前他駐足停留了好一陣子。

跟隨雷德羅而來的小傢伙慢慢從藏身處爬了出來，在雷德羅走到拱門之前，小傢伙已經在等他了。

「要回到那個女人的房子嗎？」小傢伙詢問。

「對！越快越好！不能在任何地方停留。」他們回去的步伐比來時的快多了。小傢伙赤著腳快速追趕上化學家急促的步伐，雷德羅把自己藏在黑色斗篷裡，試圖避開所有和他相遇的人，他死命拉住衣服，彷彿飄動的衣擺都會為他帶來什麼致命的傳染。

他們一路上都沒停下，到走出來的那扇門時，雷德羅用鑰匙打開門走了進去，以最快的速度通過走廊回到他自己的房間。小傢伙看著雷德羅緊緊關上門，在雷德羅四處張望的時候，他趕緊躲到桌子後面。

「求你了，不要過來，你帶我來這裡該不會想拿回我的錢吧！」小傢伙說。

雷德羅又丟了一些錢在地上，小傢伙立刻撲到地上，撿起那些錢，把它們藏了起來，害怕雷德羅看到後會後悔而把它們收回。小傢伙靜悄悄地坐在油燈旁邊，把臉埋在臂彎裡，偷偷摸摸地數錢。他越來越靠近火爐，最後坐到前面的一張大沙發上，從胸前的衣襟裡取出些零食，津津有味地嚼著。

「這個小傢伙居然是我在人世間的唯一同伴啊！」雷德羅心裡一陣煩惱，

現在他是這麼害怕這個小傢伙。小傢伙豎起耳朵仔細聽，門外一陣騷動，他轉身跑向門邊。

「那個女人回來了。」他大叫。

化學家半路截住要去開門的小傢伙。

「讓我去找她吧，好嗎？」小傢伙說。

「可以去，但不是現在，待在這裡，現在任何人都不可以隨意進出這個房間。」

「先生，是我。讓我進去吧！求求您了！」梅莉大喊。

「你有什麼事嗎？」雷德羅抓住小傢伙。

「那位您看見的悲慘男子，他的情況更加惡化，不論我說什麼、怎麼做都不能說服他，威廉的父親變得更孩子氣，威廉也像變了個人。雷德羅先生，求求您，幫幫我吧。」

「不行！不行！不行！」雷德羅回答。

「親愛的雷德羅先生，喬治在他半睡半醒中連續不斷地低聲咕噥著他見到的男子，我害怕他會想不開自殺。」

「他最好那樣做，那就與我更親近了。」

「他曾在錯亂恍惚之中說他認識您，說您是他多年以前的一位朋友，他是這裡一個生病學生的父親。我真的非常擔心，我們要怎麼做呢？怎樣去說服他？雷德羅先生，求求您！求求您！給我點建議，幫幫我吧！」

小傢伙瘋狂地想要掙脫雷德羅，讓梅莉進去，雷德羅一直緊抓著他不放。

「幽靈啊！去懲罰那些不虔誠的想法吧！」雷德羅痛苦地大喊，「看著我！請從我陰暗的心靈釋放出那些痛苦不堪的情感，請顯現這些痛悔和我所遭受的苦難。在如今這個世界裡，沒有任何事情是可以得到寬恕的。」

「可憐可憐我吧！救救我吧！」接下來沒有任何回應，只聽見梅莉不斷呼喊，一旁的小傢伙拼命掙扎要去幫她開門。

「那是我自己的影子嗎？還是說那就是我生命中幽暗的靈魂！」雷德羅發狂地大喊，「快回來吧！日日夜夜來糾纏我吧！但是，請你帶走這個魔力！請不要再讓它繼續停留在我身上，消除我曾經做過的錯事，請讓我做自己吧！」

然而雷德羅的呼喊沒有得到任何回應，他一直抓著想要掙脫他去開門的小傢伙，梅莉的呼喊聲越來越大：「求求你，給我開門！他是您曾經的朋友，現在要如何照顧他？如何拯救他？所有人都變了，沒有人能幫我，求求您，給我開門，讓我進去！」

06

黑夜的氣氛依舊凝重，昏暗的地平線上依稀可見遠方一簇線條隨著光線而改變顏色，它出現在遼闊的平原上、山頂上以及海面那孤獨船隻的甲板上，遠處的景色模糊不清，月光努力掙脫雲層的遮蓋。

雷德羅內心的陰影沒有一刻消失過，而且變得越來越灰暗。當夜晚的雲層

05 雷德羅的魔法

穿梭在月亮與地球之間時，遮掩地球的光線時，雷德羅像失去了生命力一樣。在他身上斷斷續續地出現殘缺的陰影，彷彿是那夜晚雲層投射的暗光一般，假如在如此的黑暗中有一道清晰的光線突然出現，也只是一簇而過，反而會使天空更加陰霾。屋外古老的建築物籠罩在深沉的寂靜中，建築物的牆壁投射出神祕的陰影，在月光的包圍下，潔白的雪片忽而出現，忽而消失不見。在雷德羅黑暗陰鬱的房間裡，有一絲光線閃過，屋外的敲擊聲與幽靈鬼魂的寂靜交相呼應，除慘白的灰燼僅存一絲羸弱的火光、發出低低的嗚聲之外，空氣中聽不到任何聲響。躺在爐火前地上的男孩很快進入夢鄉，敲門聲消失後，化學家像石頭一樣一動不動地坐在椅子上。

此時，聖誕音樂又在化學家耳邊響起。一開始，他像以往在教堂院落一般仔細聆聽這些平靜起伏著的音樂，低沉的旋律甜蜜又有些憂鬱。雷德羅站起來伸出雙手，好像有一位朋友往他的方向走來，和他緊緊握手。僵硬與茫然的表情不再出現在臉上，他的身體微微顫抖，眼眶裡滿是淚水，雙手緊緊地抱住頭。他悲傷淒慘的回憶一去不復返，他知道他不會再想起那些難過的事。雷德羅感到一種說不出的激動，如果這種激動是上天告訴他，他所經歷的故事是多麼珍貴，那麼他真該感謝上帝。最後一個音符在他耳邊消逝時，他不禁抬起頭聆聽空氣中回蕩的旋律。除了那個睡在他腳邊的小傢伙，只有幽靈安靜地站著，不為所動，眼睛死死地盯著他看。

幽靈的眼神如同往常一樣冷酷可怕，但還不是絕對無情，或者說這是雷德羅想像出來的場景。雷德羅望著幽靈，全身顫抖。原來他並不孤獨，因為看到幽靈那虛無的手握住另外一隻手。那會是誰的手呢？站在幽靈旁邊的影像是梅莉，或者是她的陰影、畫像什麼的？她安靜地將頭向下看，像是望著沉睡的孩子，充滿憐憫和同情。她容光煥發，卻不能照亮幽靈的臉龐，兩人比鄰而站，幽靈顯得陰暗蒼白，毫無生機可言。

「怪物！我不許你對她放肆無禮，求求你不要帶她到這裡來。」雷德羅說。

「它只是個影子而已。」幽靈說。

「這是我可怕的魔力造成的嗎？」化學家說。

「是啊。」幽靈回應。

「目的是破壞她的寧靜和她的善良，要她變成我現在這個樣子，像鬼一樣？」

「我只是說『把她找出來』，其他可什麼都沒說。」幽靈回應。

「請你告訴我，我能不能讓已成的事實改變？」雷德羅哭喊著，幻想能在幽靈這裡找到一絲希望。

「不可能。」幽靈回應。

「我不奢求完全做回自己，我選擇放棄自己的自由意志，失去一些東西是理所當然的，但是對於那些接收了我致命魔力的人來說，他們是在毫不知情的情況下接受的這份魔力，對於這份魔力他們毫無招架的能力，甚至不知如何迴避。就什麼都改變不了了嗎？」

「是的，改變不了。」幽靈說。

「別人也不能改變嗎？」他緩緩轉過頭，看著自己身邊的暗影。

「梅莉能做到嗎？」雷德羅詢問。

幽靈像雷德羅一樣看著梅莉的影子，卻對雷德羅視而不見，也不做任何回應。

「至少告訴我，她是否是正義與力量的化身，可以糾正我做過的所有邪惡之事。」

「她不是。」幽靈回答。

「或者她是否也有可能在毫無意識的情況下接收這種力量？」

「將她找出來。」幽靈回答，接著它的影子慢慢消失。他們再度直視彼此，略過地上躺在幽靈腳旁的小傢伙，他們專注卻又可怕地傳授著魔力。

化學家一邊精疲力竭地跪在幽靈面前，一邊又以哀求的語氣說著：「是你拒絕我的，可也是你重新找我的，我以謙卑的姿態不得不相信人生有點希望，我祈求著那些我曾帶去無法彌補的傷害的人，能聽見我極度痛苦的靈魂深處發出的呼喊聲，只有那一件事……」

「躺在那裡的是誰？」幽靈插話，用手指著地上的小傢伙。

「你應該清楚知道我會問什麼樣的問題，為什麼這個小傢伙是一個與我魔力對立的證據，為什麼在他的思想裡，我發現一種令人厭惡的同伴關係？」

05 雷德羅的魔法

「這是一個最好的例子。對於那些喪失記憶力的人類來說，當你放棄自己時，就是這個樣子，」幽靈指著地上的小傢伙說，「沒有任何關於傷感、錯誤與困境的微弱記憶會在他腦中出現，因為這個可憐的孩子一出生就被家人遺棄，那個地方比野獸生存的環境還要惡劣。在他眼中，沒有幸福的對照，自然也就沒有痛苦的存在。」

雷德羅為他聽到的事感到畏怯。

「這世上的每件事情都是有緣由的，這位小男孩身上邪惡的種子會長成並且擴散到世界各地，直到所有地區都佈滿邪惡之事，多得足以釀成另一波洪流。這樣深重的罪孽、這樣一種景象將比城市街道上任何一位沒有被懲罰而且祈求寬恕的謀殺犯更沉重。」

幽靈繼續盯著這個沉睡中的小傢伙，雷德羅也懷著複雜的心情凝視著他。

「這個可憐的孩子從未有父親日夜陪伴，也從未擁有過溫暖的母愛，他在很小的時候就背負了這種罪過。他憎惡一切事物，他沒有任何宗教信仰。」幽靈說。

雷德羅雙手緊扣，帶著顫抖的恐懼感和憐憫的心情看著沉睡中的小傢伙和幽靈，幽靈蒼白的手指依舊指著地上的小男孩。

幽靈繼續說：「你將不再擁有偉大的力量，你不能從小傢伙身上驅逐任何邪惡之事，他心中的想法逐漸與你趨近。或許你覺得這樣很糟糕，但是畢竟你已漸漸走入他沒有溫暖的世界，他就是人類冷漠的化身，而你則是人類傲慢性格的代表，再也沒有天堂的概念，你們是碰到一起的兩個極端。」

雷德羅在男孩旁邊彎下腰，心中不僅充滿對這個熟睡的小傢伙的憐憫，也對自己報以同情，這時身體也不再因為厭惡和冷漠的情緒而顫抖。

此時，遙遠的地平面露出了微光。天色漸亮，上升的太陽射出溫暖的光線，老舊煙囪的三角牆在空氣中閃著微光，陽光把城市中的煙霧與蒸氣變成金黃色的雲朵。陽光照進陰暗角落，融化了冰冷的雪花，泥土的寒冷沁人心脾，振奮著無數美好生物的小小世界，然後它們漸漸意識到太陽即將升起。

泰特比家的人都起床開始了一天的工作。泰特比先生拉開商店的百葉窗，耶路撒冷大樓那瑰麗景色頓時映入眼簾，美好的景象如此吸引人。阿達夫·泰

05 雷德羅的魔法

特比早已出門，正在趕往出版社的路上。

而在家的五個小泰特比在泰特比太太的指揮下，正在廚房洗臉，肥皂和冷水讓小泰特比們很不高興。父母催促著約翰尼從廁所出來，因為那個可愛的小妹妹哭鬧起來，這是常有的事。由於承擔著照顧妹妹的責任，約翰尼不停地搖搖晃晃地走動，今天比平常更加辛苦，因為為了防寒，妹妹身上裹得嚴嚴實實，比平時更重。

這個寶寶的「註冊商標」是尖銳的牙齒，幾乎所有的物件都有被她的牙齒啃過的痕跡。寶寶身上掛著一串骨項鍊，那串骨項鍊很大，從她的下巴一直到腰間，可以與修女的念珠相比。寶寶玩耍的東西可以是家裡的任何東西——約翰尼的指頭、麵包皮、門把手，甚至是結凍豬肉上的冰塊，這些東西都能讓寶寶高興起來。泰特比太太總是說：「小寶寶露出尖牙，才是正常的，假如沒有露出尖牙，她就不是她了。」

從前的泰特比夫婦總是慷慨、善良又柔和，會大方地分享食物，只要一點點肉食就能讓他們感到滿足；可是現在的他們僅僅為了肥皂水就能吵鬧不休，也會為了尚未撤掉的早餐吵架。泰特比男孩們互相攻擊，就連原本最有耐心和包容心的約翰尼也不例外，忠實善良的他居然會舉起手打小妹妹。

泰特比太太無意間看見約翰尼狠狠地打了可愛的小孩一巴掌，她馬上揪著約翰尼的領子走進臥室，加倍懲罰他，讓他也感受同樣的疼痛。

「你這個小壞蛋，你怎麼這麼忍心打你妹妹？」泰特比太太說。

「那她怎麼不把自己的尖牙看牢一點，她不咬我我也不會打她，你自己也不喜歡被她咬到，不是嗎？」約翰尼大聲爭辯。

「誰說我不喜歡了？」泰特比太太試著挽回被約翰尼丟掉的面子。

「喜歡嗎？不可能。根本想像不到如果你是我會怎麼樣，真想從軍算了，最起碼在軍隊裡不用照顧小孩。」

經過這裡的泰特比看到這樣的場面，摸摸下巴思考著，並不急著糾正這個叛逆的傢伙，因為他震驚於約翰尼提到從軍這件事。

「如果把小孩送進軍隊他就可以長成正直的人，那麼我也會讓他從軍的。」泰特比太太看著先生說。

05 雷德羅的魔法

此時約翰尼與他的五個弟弟在吃早飯的桌子前瘋狂地胡鬧起來。在吃早餐時，他們互相用奶油塗抹臉頰，開心極了，其中最小的男孩相當聰明，他居然認識到要盤旋在這群「戰士」的視線之外，然後乘機撓他們的腳。在小孩胡鬧時，泰特比先生與妻子都急切地想要冷靜下來，似乎沒有別的路可走，但是他們不再對彼此心軟，他們只是想找到恢復他們之前在家中的對應地位的方法。

「你最好讀讀報紙，總比什麼事都不做好。」泰特比太太說。

「報紙沒什麼好看的。」泰特比用很不滿的語氣回應。

「總會有點新聞吧。」泰特比太太說。

「對我而言，那些新聞毫無意義，我一點也不在意人們都做了些什麼，或是世界上發生了什麼事。」

「關於自殺的新聞呢？」泰特比太太說。

「那就更不關我的事了。」她的先生回答。

「出生、死亡與婚姻你都不感興趣？」泰特比太太說。

「如果都是一些發生在今天的關於出生的好新聞，或是將要發生在未來的死亡消息，我為什麼要感興趣，又不是發生在我身上的。」泰特比咕噥著。

泰特比太太臉上顯現出不滿意的表情，但實際上她和她先生的態度相同，可她還是想反駁他，以擁有吵架的滿足感。

「你真是個頑固的人！」泰特比太太說，「你願意自己一個人待在印刷室那裡，一直看報紙。你願意坐在那裡，念新聞給孩子們聽，一念就是半個小時。」

「你說的那都是過去的習慣，你再也看不到我那樣的狀態了。因為現在的我學聰明了。」

「啊！聰明？真的嗎？你能學聰明嗎？」

這個問題讓泰特比的內心有點不舒服，他反復思考著，一隻手撐著額頭。

「當然聰明了！咱們兩個人中誰是最聰明的那一個，一目了然。」泰特比先生低語。

他們就在這種氣氛下吃著飯，孩子們似乎不習慣安靜地坐著吃飯，在餐桌旁邊跑來跑去，像在舉辦一場瘋狂的派對，麵包和奶油成了打鬧的武器，偶爾

05 雷德羅的魔法

會有人發出刺耳的尖叫聲，他們一會兒從屋裡跑到街上，一會兒又從街上跳進屋裡。

為了牛奶什麼的站在桌上吵架在小泰特比們看來已變得稀鬆平常。泰特比把所有的小孩趕出去之後，屋子裡才有了片刻安寧。可是還沒安靜多久，他就發現約翰尼偷偷地回來了，而且正偷吃罐子裡的食物，被逮到的時候噎得說不出話來。

「我早晚會被這些小孩給累死！這麼活著還不如死了算了！」在懲罰過搗蛋的小孩之後，泰特比太太這麼說。

泰特比感歎：「人為什麼要生孩子，我們從沒在孩子身上感到幸福。」

泰特比太太粗魯地把杯子放在丈夫面前，自己也拿起杯子，突然他們像受到驚嚇似的停下手上的動作。

「爸爸，媽媽，你們看！威廉太太在街上呢。」約翰尼大叫著跑進屋裡。

泰特比與妻子同時放下手中的杯子，兩個人都使勁用手拍了拍額頭，臉上泛出柔和的光彩。

「上帝，我怎麼會這樣，請原諒我吧。我怎麼像被什麼東西附身了一樣？這到底是怎麼回事？」泰特比對自己說。

「我怎麼忍心用這麼惡劣的態度對待我的丈夫。」泰特比太太嗚咽著，用圍裙擦著淚。

「我怎麼這麼沒良心？我親愛的蘇菲亞！我這是怎麼了？」泰特比說。

「親愛的阿達夫。」他的妻子回話。

「蘇菲亞，我真的不想這樣。」

「喔，阿達夫，現在你變成什麼樣我一點也不在乎，你不要難過了。」就像壓抑已久的悲傷突然決堤，蘇菲亞大哭起來。

「我親愛的蘇菲亞啊！你千萬不要難過，那樣的話我是不會原諒自己的。」泰特比說。

「不！阿達夫，這都是我的錯。」她哭得更厲害了。

「我親愛的蘇菲亞啊！你不要這樣，你把責任都攬到自己身上，讓我慚愧極了。蘇菲亞，我真是惡劣到了極點。」

05 雷德羅的魔法

「親愛的阿達夫，你不要這樣！千萬別這樣。」他的妻子帶著哭聲說。

「蘇菲亞，我必須向你說實話，要不然我會發瘋的！」泰特比說。

「威廉太太快要到這裡了！」約翰尼在門口大喊。

「我的蘇菲亞，我納悶為什麼過去那麼崇拜你，我真笨，竟然猜不著原因！我都忘了你為我生了這些寶貝的孩子，我竟然從沒好好反思過，這麼多年，你為我付出的關心都是你不曾對其他男人做的，有那麼多比我優秀的男人追求你，你卻選了我。我真是忘恩負義，竟然不知道感激你這些年為我所作出的犧牲，卻埋怨你不夠美麗。」泰特比深吸一口氣，扶著椅子以支撐起自己的身體，慚愧地說。

泰特比太太流著激動的眼淚，雙手捧著丈夫的臉頰：「喔，阿達夫！你能這麼想我真的很欣慰，我一直埋怨你長得不夠出眾、個子不夠高，卻沒有看到你那麼多的優點。從現在開始我會接受你的一切，喜歡你的一切，因為你是我的丈夫啊！不要這麼消沉，我是你的後盾啊，我會幫你重新振作起來的！」

「威廉太太到了！」約翰尼大喊。

威廉太太果然到了。當她進門時，所有小孩都跑過去親吻她、擁抱她，小孩們在她面前快樂地跳舞，又像歡迎得勝回營的將軍那樣，簇擁著威廉太太。泰特比太太立刻站起來熱情地迎接她。威廉太太顧家又充滿愛心，人人都喜歡她的善良。

「耶誕節早上就來打擾了。啊，生活真是美好啊！」梅莉一臉愉悅地對大家說。

孩子們傳來快樂的喊叫聲，快樂、喜悅、榮耀圍繞著她。

「我感動得都快哭了，我何德何能受到如此的關愛？」梅莉說。

小孩們成群結隊地圍著梅莉跳舞，他們玫瑰般的紅潤臉龐靠在她的裙子上，親吻並且撫摸著梅莉的裙擺，一副依依不捨的樣子。

「我從來沒這麼感動過。今天我一大早就來這裡，是想告訴你們，雷德羅先生在黎明時找過我，他完全轉變了，態度相當柔和，他請求我帶他去探望威廉的兄弟喬治。一路上他的態度相當和善，似乎非常信任我，對我抱有很大的希望，這讓我忍不住喜極而泣。我們到那間房子時，在門口遇到一個傷痕累累的女人，她抓住我的手為我祈福。」

「真好啊！」泰特比夫婦和所有小孩齊聲大喊。

「喔，不只這樣，威廉的哥哥已經在那裡躺了好幾個小時，誰也叫不醒他，我們走進房間後，他卻從床上起身，流下眼淚，雙手伸向我，向我訴說對自己過去浪費生命的行為的深深懊悔，可見他是真心改過啊。他求我替他詢問父親是否原諒他並接受他的祝福，他還希望我在他的床邊禱告。就在我禱告的時候，雷德羅先生也不停地說著感謝上帝和感謝我的話。喬治握住我的手，直到熟睡了才放開」。

「喔！親愛的，親愛的！這對我來說可是天大的好事啊！」當梅莉說話時，雷德羅進門了，默默地走上樓梯。正當他想著自己又回到這裡時，年輕的學生匆忙地從他身邊經過，還不小心撞到了他。

「善良的梅莉啊！請原諒我之前對你的冷漠態度。」學生跪在梅莉面前，握住她的手。

「喔！我何德何能受這麼多人的喜歡啊！」梅莉感動地哭了起來，邊說話邊擦著幸福的淚水。

「我不知道自己怎麼能那麼做，我也許是瘋了。我聽見小孩們大聲叫喊你的名字，我的心中充滿愧疚。親愛的梅莉，請不要哭，如果你能看到我心中對你的敬意，你就不會哭泣了，你流淚我的心裡也會難受。」學生說。

「不！不！不是這樣的，你千萬別這麼說。這是喜樂的眼淚，你乞求我原諒你讓我很驚訝，但是同時我又很高興你這麼做。」

「你還來幫我做那個窗簾嗎？」

「會的！」梅莉擦拭著眼淚。

「這麼說你原諒我了？」

梅莉把他叫到身邊，對他耳語：「艾德蒙先生，你的老家來消息了。」

「消息？什麼消息？」

「你有心理準備嗎？有人來看你了！」

「是我的母親嗎？」學生詢問，眼睛不由自主地瞥向雷德羅的方向，雷德羅剛從樓梯走下來。

05 雷德羅的魔法

「不是，你再想想。」梅莉回答。

「難道是……」在他說出口之前，梅莉將手放在學生的嘴巴上。

「沒錯，艾德蒙先生，有一位個頭嬌小、相當漂亮的年輕女士得知你的病情以後很擔心，於是她昨天與一位女僕一同過來，因為之前你寄信時寫的是學校的位址，所以她到學校來了。我是早晨才見到她的。」

「今天早晨！那她現在在哪裡？」

「就在集會所的小客廳裡等著見你呢。」

艾德蒙急著往外走，卻被梅莉攔了下來。

「雷德羅先生的變化相當大，他今天早上告訴我他的記憶力不好了。艾德蒙先生，為了表示我們對他的關懷，他需要我們重新給他美好的記憶。」

艾德蒙使了個眼神，對梅莉表示她的窗簾是一件好的禮物。當他經過雷德羅身邊時，恭敬地在雷德羅面前彎下腰，雷德羅也親切地回禮致意。

雷德羅把手放在頭上，試著喚回那些失去的記憶，但是徒勞無功。音樂的影響力和幻影的重新出現，讓雷德羅不斷改變，現在他真切感受到自己失去了太多的東西。他在這種處境中相當可憐，不免與身邊正常的人相互比較，而他身邊的人也非常關心他，都對他的遭遇十分同情。

雷德羅從梅莉這個女人身上感覺到，他需要彌補過去所做的許多邪惡之事。雷德羅與她相處的時間越久，他的改變就越明顯。由於梅莉喚起了他對生活的感情，他對梅莉相當信任，認為她能幫他解除一切困擾。

07

當他們來到集會所時，老史威哲就坐在煙囪旁的椅子上，眼睛看著地面，威廉則靠在對面的火爐旁凝視著老人。當梅莉走進屋子時，父子兩人同時抬頭，仔細地打量著她。

05 雷德羅的魔法

「喔，親愛的，親愛的，大家見到我都很開心！」梅莉高興地大喊。老人與威廉非常高興見到梅莉，這是種難以形容的快樂。威廉伸開雙臂，梅莉奔向他的懷抱；老人的雙臂也緊緊擁抱她，他也想念梅莉。

「唔，我們的梅莉這幾天到哪裡去了？你可有好一陣子沒出現了，見不到你，生活都沒那麼快樂，我的兒子威廉呢？威廉啊！我還以為我在做夢呢。」老人說。

「父親，我也是。您現在感覺如何？身體好點了嗎？」他的兒子說。

「我可是很強壯啊，兒子。」老人回答。

「父親，我知道您相當健壯。」威廉再次握住父親的手說，同時給父親輕輕拍背，用手給他的後背按摩。

「我的乖孩子，我活了這麼大年紀，還從未像現在這麼健康又神清氣爽。」

「父親，您真棒。您說得沒錯，您一生中遇到過那麼多的機會與轉變、悲傷與困境，您日漸灰白的頭髮記錄這麼多年的冬雪夏雨，一想到這，我的內心就會升起無限的敬意，想要您的晚年過得舒服一點。」威廉激動地說著，不停地對父親噓寒問暖。老人之前一直沒有發現雷德羅已經進來，現在終於看到了。「雷德羅先生，真抱歉，才看見您在這裡，真是失禮啊。我想起您還是個學生時，我們曾在耶誕節的早晨在這裡見過一面。那時您在耶誕節也要到圖書館認真看書，哈哈！雖然我已經八十七歲，可是什麼都記得清清楚楚。在您離開這裡不久之後，我的妻子就過世了，雷德羅先生，您還記得我的夫人嗎？」

雷德羅回答他：「當然還記得。」

「她可是位相當可愛的女人。您記得你曾經在某個耶誕節早晨與一位女士來到這裡，雷德羅先生，那就是和您感情相當好的妹妹吧？」

雷德羅看了看老人，神情茫然地說：「我的確有一個妹妹。」接著就不再說。

「您曾與她在耶誕節早晨一同來過，當時天上還下著雪，我的妻子邀請她進晚宴廳，大家一同坐在溫暖的火爐前。聖誕佳節時，壁爐裡是一定要燃著熊熊火焰的。我記得我把爐火生起，讓女士們暖和著漂亮的雙腳。你的妹妹大聲念出牆上畫作下的題字：『萬能的主，請賜予我栩栩如生的記憶。』我的妻子

05 雷德羅的魔法

與她談論著畫作，她們認為那句話是非常好的禱告文，可惜她們已經不在世了。當時你的妹妹說：『啊！請賜予我哥哥栩栩如生的記憶，不要忘記我。』我的妻子則說：『啊！請賜予我丈夫栩栩如生的記憶，不要忘記我』。」

雷德羅眼中流出了痛苦的眼淚，也許，這是他一生中最難過的一刻，老史威哲則完全沉浸在自己的記憶裡，直到後來才發現雷德羅滿是淚痕的臉，還有梅莉焦慮的眼神。

「『菲利浦！』雷德羅將手放在老人的手臂上，我是一個受到失憶病折磨的人，也許這是我應有的報應，我被命運的舵手壓得喘不過氣來。您告訴我什麼才是永遠無法追隨的呢？我的記憶已經消失不見了啊！」

「仁慈的上帝啊！」老人大喊。

「我已經失去對過往悲傷、錯誤與困境的記憶了啊！人類回憶的能力已經不屬於我。」化學家說。

老人對雷德羅表達了憐憫和同情，雷德羅也為老人失去親人而難過，他多多少少知道這些回憶對於老者而言是多麼珍貴。

那個小傢伙在這時跑了進來，向梅莉的懷抱奔去。

「有個住在別的房子的男人，我不喜歡他。」小傢伙說。

「他在說誰？」威廉不解。

「噓……」梅莉示意。

威廉與老人看到梅莉的暗示，很有默契地不再追問。後來，他們悄悄地出去了，此時雷德羅讓小傢伙到他身邊來。

「我不去。」小傢伙抓住梅莉裙擺的手就是不放開。

雷德羅微笑著說：「你不要害怕我，到我這裡來吧，我比以前溫和多了。」

一開始小傢伙還是有些害怕，最後在梅莉的勸說下，他走到雷德羅身旁，在他腳邊坐下。雷德羅把一隻手放在小傢伙瘦弱的小肩膀上，用充滿憐愛的眼神望著他，另一隻手則將梅莉握住。梅莉往雷德羅的方向斜著身體，看著他的臉龐，說：「雷德羅先生，我可以和您說幾句嗎？」

「當然可以啊，對我而言，你的聲音就像音樂一樣動聽。」

「我想問您一些事，您記不記得我昨晚敲您的房門時所說的話？與您的一位朋友有關的，我說他正處在崩潰的邊緣。」

「嗯，還記得。」雷德羅有些猶豫地說。

「您明白我那些話的意思嗎？」

雷德羅用手順了順小傢伙的頭髮，眼睛盯著梅莉看，想了一會兒，然後搖搖頭，將原本擁著小傢伙的手縮回來，放在梅莉的手背上。

「那個男人是艾德蒙的父親，艾德蒙就是您剛剛見到的那位年輕人，其實他真正的名字是洛佛德，對這個名字您還有印象嗎？」

「嗯。」

「還記得那個男人嗎？」

「記不清了，難道就是他曾經無恥地詐騙過我嗎？」

「那是讓人難過的往事啊！」

雷德羅搖搖頭，然後又將頭低下。

「昨天晚上我沒有去找艾德蒙先生，假如您聽我敘述一遍，可能就會記起所有的事情。」梅莉說。

「你的每一句話我都會仔細聽的。」

「那時我並不知道那個男人就是艾德蒙的父親，我還擔心他在一場大病後智力可能會受損。因為一些原因，我知道了那個人的身份，但是我沒有去見他。這麼多年，他都與自己的妻兒分離，在艾德蒙年紀還小時，他就離開了家人，所以他們彼此就像陌生人一般。他離棄了自己最親愛的人，他那彬彬有禮的紳士模樣也日漸消失，直到……」梅莉突然站起來，疾步走到門外。

過了一會兒，一個身體虛弱的人和梅莉一起走進來，雷德羅想起曾在昨晚見過他。

「你認識我？」雷德羅詢問。

「真是遺憾，我還不認識你。」對方回應。

雷德羅看著男子虛弱地站在他面前，表情上滿是自卑和墮落的痕跡，因為很瘦，所以本就頎長的身材更顯羸弱，他試圖讓自己看起來較有精神，但好像都是徒勞。梅莉重新坐下。

「看看他現在的悲慘境況吧！假如您可以記得和他相關的那些事，您對他還會有同情心嗎？請不要介意我們談論以前的事，告訴大家他為何會被世界遺棄吧。」

「我希望並且相信，那能喚起我的同情。」雷德羅回答。他的眼睛來回打量著站在門邊的那個人，但是很快又回頭凝視著梅莉，彷彿從她的每一個細微表情與動作都能讀出訓誡。

「我沒讀過什麼書，並不習慣思考，但是您有淵博的學識。請聽我告訴您，為什麼說回憶那些欺騙我們的人算是一件好事。」

「好。」

「每個人都應該有顆包容的心。」

「上帝啊！原諒我吧！請原諒我對你道德觀的忽視！」雷德羅突然睜大雙眼說。

「如果……我是說如果，有一天記憶又重新回到你腦海中，如果你能回憶起那些痛苦的過往，然後寬恕它，這不就是一件好事嗎？」梅莉說。

雷德羅的心被她明亮的臉龐投射出的清晰光芒照亮。

「被他遺棄的家庭裡，他也不打算回去，對他的親人來說，他只會給他們帶去羞恥和麻煩。現在他所能做的對親人的最大補償就是不與他們見面，只需要花些錢就可以讓他搬到遙遠的地方，他可以在那裡好好生活，免受欺侮和打擾，靜靜用餘生對他所做的錯事懺悔。對他那可憐的妻兒來說，這也許是他們的朋友所能給予他們的最大幫助了。他的身心已經遭到打擊，這樣的做法對他而言也許是種救贖。」

雷德羅說：「我信任你做的事，請轉告他，雷德羅已經原諒他了，我也非常高興自己能這麼做。」

梅莉站起來，看向那位曾經墮落的男人，示意她的調解已經成功。那個男人往前走了一步，朝著雷德羅的方向說：「您真是太寬容了。您過去也是相當寬容的，而且不需要別人報答恩情。雷德羅先生，我一定不會忘記您的善良。我是一位不小心墮落了的苦命人，或許我不會表達自己的想法，但我對過往人生的記憶十分清晰。從我開始走向墮落時，我就開始了對你們的虛假交易，我的命不久矣，所以我要向您坦白這一切。假如我可以控制那致命的第一步，現

05 雷德羅的魔法

在的我就不是這樣了，也許會過著不一樣的生活。現在的我沒辦法奢求什麼了，您的妹妹已經安息，遠離人世的紛擾，這樣總好過和我這樣一個可惡的人在一起，而我還是繼續保持著您想像中的紳士模樣，那正是我自己希望能擁有的樣子。」

雷德羅迅速揮了一下手，似乎不想再繼續這個話題。

「我覺得那時的我是一位來自地獄的男人，如果不是有您這雙祝福的手，我可能在昨天晚上已經自掘墳墓了。」墮落的男子對梅莉說。

「喔，親愛的，他也像別人一樣喜歡我！這又是一位給我恩惠的人。」梅莉有些嗚咽地說。

「我昨天晚上絕不會自己過去求您，但現在我的記憶受到強烈刺激，不知道為什麼，我突然可以回憶起以前的事情了。在梅莉的建議下，我前來尋求您慷慨的贈予，雷德羅先生，我感謝您也祈求您，在我所剩無幾的日子裡，希望您能仁慈地對待我，就如同您想像中一般。」

他轉身面向門，停下腳步不再前進。

「看在他母親的分上，我希望您能多照顧我的兒子，我也希望他是個值得您這麼做的人。在我的生活步入正軌之前，我沒有臉見他。」

那個男子向外走時，雙方第一次對視，雷德羅感受到對方眼神中的堅定，他向男子伸出手，男子也伸出自己的手，兩人緊緊地握手，然後男子低下頭慢慢走出去。

08

又過了幾個月，梅莉悄悄將男人帶到大門口。當時雷德羅坐在椅子上，威廉和老史威哲站在他身邊。

「父親，就像我說過的那樣，她很受人喜愛，我的妻子心中一直充滿著母愛。」威廉大聲地說。

「喔……你說得是，我的兒子威廉說得沒錯啊。」老人說。

「親愛的梅莉，我們沒有自己的小孩，我很希望你能有這樣一位小孩可以疼愛。梅莉啊，我們那個沒能好好活下來的小孩曾經讓你投注了多麼大的希望啊，最後卻使你變得沉默。」

「親愛的威廉，你還能記起這些事我很高興，我每天都能想起。」

「我很害怕你會沉浸在悲傷的回憶中。」

「威廉，你不用害怕，能夠回憶起他，對我而言是種安慰，他可以用各種方式與我對話。雖然他這個純真的生命還不曾在世上活過一天，但是威廉啊，他永遠是我的天使啊！」

「梅莉，你是我與父親的天使，我懂得你這麼說的原因。」

「我時常回憶那些寄託在他身上的希望，有許多次我靜靜地坐著，幻想我心中的他那張微笑的臉龐。雖然他從未依偎在我懷裡，但我依然能夠想像他那雙甜美的眼睛，儘管它們還沒來得及看看這個世界。每當我想起他時，心中便充滿溫情。雖然我永遠無法實現對他的希望，但是這樣的幻想也不會帶來壞處，當我看到別的母親懷裡抱著可愛的寶寶時，我多麼懷念他啊。想像著我的孩子也躺在我懷裡，就很快樂了。」

雷德羅抬起頭來看著梅莉。

「他一直默默陪著我，告訴我那些被世界遺棄的可憐孩子需要我的幫助。所以當我知道有哪個年輕人正在受苦時，我彷彿感覺到我的那個孩子在為他們祈禱。面對老父親漸漸變白的頭髮和蒼老的臉頰時，他還會對我說，誰都有老去的時候，每個老人都需要得到年輕人的尊重與關愛。」

梅莉的音調越來越低，她拉住威廉的手臂，把頭靠在上面。

「小孩們都喜歡我，似乎可以感受到我對他們的感情，懂得他們的喜愛對我來說是多麼珍貴。威廉啊，現在的我依然快樂，但是我必須承認，在我可憐的孩子過世時，我非常悲傷，那時的我無法釋懷。當時我以為只有去天堂和我的孩子見面，我才能幸福生活，幻想在那裡他會叫我一聲『母親』。」

這時，雷德羅跪在地上，大聲哭喊：「喔，上帝！我已接受您純淨的教誨，

05 雷德羅的魔法

您仁慈的心讓我恢復記憶，並且想起所有曾經消失的美好事情，請接受我對您的感激，請您祝福善良的梅莉吧！」

雷德羅懷著深深的感激將梅莉擁在懷中，梅莉感動地嗚咽著，然後笑著說：「他終於找回記憶了，他真的很喜歡我。親愛的，這是對我的恩典啊！」

此時，洛佛德挽著一位有些害羞的漂亮女士走過來。改變後的洛佛德凝視著雷德羅和梅莉，他在他們身上看見人生的美好和純潔。

耶誕節就像是一年中我們回憶悲傷、錯誤與困境的節日，在這天我們回憶過去的快樂與傷痛，祈求上帝的寬恕。雷德羅將手輕輕地放在小傢伙身上，默默地祈求上帝看看這些他過去護佑的孩子們，發誓要保護他、教化他，然後愉快地握住老史威哲，跟他說要在當天舉行一個聖誕晚宴，就在晚宴廳裡。

雷德羅表示會告知史威哲家族所有的成員，威廉告訴雷德羅先生，史威哲家族非常龐大，手牽著手甚至可以繞英格蘭一圈。儘管如此，雷德羅先生還是決定通知他們參加晚宴。

宴會如期舉行，果然有很多史威哲家族的成員出現在晚宴中，大概有十幾二十人，晚宴時有一些關於喬治的好消息宣佈，大家期待奇蹟的降臨。老史威哲和威廉夫婦剛去探望過他，喬治的病情已經好轉很多。泰特比家族也出席了晚宴，阿達夫圍著印有菱形圖案的圍巾，正準備享用牛肉。約翰尼與小寶寶是最晚到的，約翰尼看起來很疲倦，小寶寶卻胃口大開。

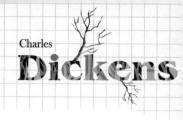

我們看到一些流浪兒，感到很難過，他們只能在一旁看著其他孩童玩耍，卻不知道應該怎樣加入他們的遊戲，相對於那些小夥伴，他們跟小貓、小狗的關係更親密。

那個最小的孩子似乎是出於本能，知道自己的不同，他總是孤單一人。梅莉去照顧這個最小的孩子，小孩漸漸喜歡上她，正如梅莉所說的。看到小孩們跟梅莉親近起來，大家非常高興。

雷德羅把這些都看在眼裡，與他同坐看著此情此景的還有年輕的學生和他的未婚妻、菲利浦、威廉這些人。雷德羅已經徹底醒悟，原來鬼影就是他邪惡陰沉的另一面，而梅莉則是善良智慧的體現。

參加宴會的人們聚集在宴會廳，除了之前用餐時點燃的爐火外，沒有其他光源。恐怖陰影再一次藏匿在人們身邊，那些熟悉的身影瞬間轉變為瘋狂魔幻的影子，但是，在這個大廳上有著鬼影無法遮掩與改變的東西。雷德羅凝視著大廳裡那幅在爐火映照下的畫像，畫像中的臉龐顯得很莊重，彷彿有著生命活力似的在牆上注視著他們。

他的身上圍著毛皮圍巾，臉上留著尖翹的鬍子，從嫩綠的冬青樹花圍成的圈往下看，迎著這些人往上看的眼神。整個氛圍無比寧靜，天空中迴盪著一個溫柔的聲音：萬能的主，請賜予我栩栩如生的記憶！

謎

05

文學鬼才：狄更斯 I

作者　查爾斯・狄更斯

出版者　大拓文化事業有限公司

編譯　陳語軒

封面設計　林鈺恆

內文排版　姚恩涵

總經銷　永續圖書有限公司

劃撥帳號　18669219

地址　22103 新北市汐止區大同路三段一九十四號九樓之一

TEL　(〇二)八六四七—三六六三

FAX　(〇二)八六四七—三六六〇

網址　www.foreverbooks.com.tw

E-mail　yungjiuh@ms45.hinet.net

CVS代理　美璟文化有限公司

TEL　(〇二)二七二三—九九六八

FAX　(〇二)二七二三—九六六八

法律顧問　方圓法律事務所　涂成樞律師

出版日◇二〇一八年十月

國家圖書館出版品預行編目資料

文學鬼才：狄更斯 I ／查爾斯・狄更斯著；

陳語軒編譯. -- 初版. -- 新北市：大拓文化, 民107.10

面；　公分. -- (謎；5)

ISBN 978-986-411-081-0(平裝)

873.57　　　　107013684

謝謝您購買 文學鬼才：狄更斯 I 這本書！

即日起，詳細填寫本卡各欄，對折免貼郵票寄回，我們每月將抽出一百名回函讀者寄出精美禮物，並享有生日當月購書優惠！

想知道更多更即時的消息，歡迎加入"永續圖書粉絲團"

您也可以利用以下傳真或是掃描圖檔寄回本公司信箱，謝謝。

傳真電話：（02）8647-3660　　信箱：yungjiuh@ms45.hinet.net

☺ 姓名：　□男　□女　□單身　□已婚

☺ 生日：　□非會員　□已是會員

☺ E-Mail：　電話：（　）

☺ 地址：

☺ 學歷：□高中及以下　□專科或大學　□研究所以上　□其他

☺ 職業：□學生　□資訊　□製造　□行銷　□服務　□金融

□傳播　□公教　□軍警　□自由　□家管　□其他

☺ 您購買此書的原因：□書名　□作者　□內容　□封面　□其他

☺ 您購買此書地點：　金額：

☺ 建議改進：□內容　□封面　□版面設計　□其他

您的建議：

剪下後傳真、掃描或寄回至「22103新北市汐止區大同路三段194號9樓之1大拓文化收」

廣　告　回　信
基隆郵局登記證
基隆廣字第57號

新北市汐止區大同路三段一九四號九樓之一

大拓文化事業有限公司收

請沿此虛線對折免貼郵票，以膠帶黏貼後寄回，謝謝！

想知道大拓文化的文字有何種魔力嗎？

- 請至鄰近各大書店洽詢選購。
- 永續圖書網，24小時訂購服務
  www. foreverbooks. com. tw
  免費加入會員，享有優惠折扣
- 郵政劃撥訂購：
  服務專線：(02)8647-3663
  郵政劃撥帳號：18669219